KB271840

RETURN from Darkness

흑암의 귀환자

FANTASY FRONTIER SPIRIT

이성현 판타지 장편 소설

흑암의 귀환자 1

이성현 판타지 장편 소설

초판 1쇄 찍은 날 § 2013년 12월 24일
초판 1쇄 펴낸 날 § 2013년 12월 31일

지은이 § 이성현
펴낸이 § 서경석

편집부장 § 권태완
편집책임 § 박가연

펴낸곳 § 도서출판 청어람
등록번호 § 제1081-1-89호
등록일자 § 1999. 5. 31
어람번호 § 제1-1738호

주소 § 경기도 부천시 원미구 심곡2동 163-2 서경B/D 3F (우) 420-822
전화 § 032-656-4452팩스 § 032-656-4453
http://www.chungeoram.com
E-mail § chungeorambook@daum.net

© 이성현, 2013

ISBN 978-89-251-3636-3 04810
ISBN 978-89-251-3635-6 (세트)

RETURN from Darkness
흑암의 귀환자
1 | 시간을 거슬러

CONTENTS

Prologue

흑암의 귀환자

엘레힘 신성력 1305년 7월 11일.

어둠이 짙게 깔린 지하 던전 최하층.

사흘 밤낮을 쉬지 않고 이어지던 혈전이 기어이 끝나는 순간, 던전 안으로 한 줄기 빛이 천장을 뚫고 내려왔다.

쉬지 않고 이어지던 전투 속에서 네 명의 남녀는 녹초가 되어 쓰러지기 일보 직전이었다. 그들은 자신의 손으로 암흑의 화신 제이블란트를 쓰러뜨렸음에도 조금도 기뻐하는 기색을 보이지 않았다.

　제이블란트는 소멸되어도 일정 시간이 지나면 다시 부활한다는 이야기를 들었기에 봉인이라는 방법을 써야만 한다.

　문제는 그 봉인을 위해서 필요한 요소 두 가지 중 하나에 누가 자원하느냐의 일이 남았다는 것이다. 20년이란 긴 세월, 아니면 그 이상이 될지 모르는 시간을 검과 함께 봉인되어야 하는 운명 앞에서 서로 눈치만 보고 있었다.

　"휴우……."

　그들 중 검은 머리카락을 지닌 청년이 길게 한숨을 내쉬더니 쓴웃음을 지으며 앞으로 한 걸음 나섰다.

　"내가 할게."

　"카일!"

　"괜찮나요?"

　"진심으로 하는 말입니까?"

　그를 제외한 나머지 세 명은 걱정스러운 눈빛으로 카일을 바라봤다.

　"나야 부모 없는 고아이고 고향에 두고 온 정혼자도 없으며 딱히 높은 직책에 있는 것도 아니니 우리 중에 가장 적합하잖아?"

　그는 어깨를 으쓱이더니 오른손을 뒤로 내밀었다.

　"페이서, 성검(聖劍) 레디언스(Radiance)를 나에게."

　페이서라 불린 청년은 쥐고 있던 성검을 강하게 움켜쥐었

다. 막상 카일에게 마지막 임무를 맡기려고 하니 강한 죄책감
에 사로잡혔다.

"괴로워하지 마. 이건 우리 중 누군가는 해야 하는 일이야.
그리고 내가 가장 먼저 말을 꺼낸 것에 불과해."

카일은 뒤로 내민 손을 까닥거리며 빨리 검을 건네라고 독
촉했다. 결국 페이서는 몇 번이나 망설이다가 성검 레디언스
를 카일에게 건넸다.

카일은 성검을 검끝이 아래로 향하도록 양손으로 쥐었다.

이대로 제이블란트가 사라진 자리에 검을 꽂아 넣으면 봉
인이 시작되고, 봉인이 안정화될 때까지 성검을 쥔 자는 최소
20년, 혹은 그 이상의 시간 동안 검과 함께 석화되어 시간을
보내야 한다. 아니, 어쩌면 성검과 함께 영원히 깨어나지 못
할 가능성도 적지 않았다.

"마지막으로 너희들에게 부탁 한 가지만 할게."

카일은 검을 아래로 내려찍던 도중 멈추고서 두 눈을 감았
다.

"내가 있던 고아원, 거기에 넉넉하게 기부나 좀 해줘라. 그
정도야 어렵지 않지?"

"고작 그것만?"

"나 없으면 돈 떨어져서 당장에라도 폐쇄될지도 몰라."

"조금도 걱정하지 마십시오. 당신이 돌아올 20년 뒤까지

지원해 주겠습니다.”

제럴드의 대답에 페이서 역시 고개를 끄덕이며 동의했다.

하지만 남은 한 명은 동의 대신 카일의 등을 향해 손을 뻗었다.

“카일, 차라리 제가…….”

“기껏 결심했는데 다시 마음 흔들리게 하지 말라고, 카트리나.”

카일은 여전히 등을 보인 채 고개를 가로저었다.

“어차피 전쟁이 끝나면 나 같은 용병 출신은 일거리가 없어서 굶어 죽기 십상이야. 아, 그건 너무 과장됐나? 아무튼 20년 정도 지나면 미리 자리 잡은 너희에게 달라붙어 편하게 여생을 보낼 수 있겠지. 안 그래?”

결국 카트리나는 내밀었던 손을 거두며 물러섰다. 그녀가 지금 할 수 있는 것은 성호를 그으며 슬픔을 억누르는 일밖에 없었다.

“페이서, 제럴드, 그리고 카트리나.”

카일은 눈을 감은 채로 고개를 들어 올렸다.

“너희와 함께한 5년, 그리 나쁘지 않았어.”

일개 용병으로 끝날 수 있었던 그의 인생은 이 자리에 함께한 세 명을 만나면서 극적으로 변했다. 생사가 끊임없이 오고 가는 전쟁터 속에서 많은 이가 스쳐 지나갔지만, 죽은 이들을 제외하면 진정 전우라고 말할 수 있는 이는 지금 이 자리에 함께한 세 명밖에 없었다.

그리고 지금 카일은 그 세 명의 전우에게 그동안 신세진 걸 갚으려는 마음이다.

"그러면 20년 후에 보자."

카일이 쥐고 있던 성검이 지면에 박히자 검에 봉인되어 있던 마법진이 지면에 새겨지며 강렬한 빛이 뿜어져 나왔다. 어둠으로 점철된 카일의 시야를 빛이 감싸면서 그의 의식은 깊은 잠에 빠져들었다.

Chapter 01
20년이란 시간

흑암의 귀환자

　세상을 공포에 빠뜨렸던 암흑의 화신 '제이블란트'의 봉인 이후, 사람들에게 평화가 찾아왔다.

　마지막까지 살아남으며 기적을 창출해 낸 세 명의 영웅 페이서와 제럴드, 그리고 카트리나는 많은 이의 환호성 속에서 각자 원래 있던 곳으로 돌아갔다.

　20년에 걸친 전란으로 황폐해졌던 대륙은 조금씩 예전의 모습을 되찾기 시작했다. 어둠으로 뒤덮였던 대지 위에 따사로운 햇살이 쏟아졌고, 전쟁의 먼지가 쌓였던 풀잎 위엔 맑은 이슬이 맺혔다.

모두 쓰라린 아픔을 잊고 다시는 그러한 비극이 오지 않으리라 믿었다.

1

20년 전 세상의 운명을 결정짓는 혈전이 벌어졌던 지하 던전 안은 평소와 다름없이 고요했다.

지상으로부터 일직선으로 뚫린 구멍을 통해 한 줄기 빛이 어둠 속에서 유일하게 빛났다. 그 빛 한가운데에 성검 레디언스를 바닥에 꽂은 채로 석화된 카일이 한쪽 무릎을 꿇고 있었다.

석화된 그의 어깨와 머리에 두껍게 쌓여 있는 먼지가 얼마나 오랜 시간이 흘러갔는지 증명하고 있었다.

우드득.

순간 석화된 그의 얼굴에 금이 생기더니 빠른 속도로 몸 전체로 퍼져갔다. 생겨난 틈 사이로 빛이 새어 나오자 천장에 붙어 있던 수십여 마리의 박쥐들이 놀라 빛줄기를 타고 위로 날아올랐다.

돌 부스러기가 바닥에 우수수 쌓이더니 카일의 몸이 강렬한 빛을 내뿜었다.

잠시 후 빛이 사라지자 오랜 시간 동안 멈춰 있던 카일의 시간이 다시 움직이기 시작했다.

"어……."

그는 고개를 천천히 들더니 머리 위에 쏟아지는 햇살을 정면으로 응시했다.

20년 동안 움켜쥐고 있던 성검 레디언스에서 손을 떼고 몸을 일으켰다. 주변을 둘러보자 온몸이 돌로 변하기 전에 마지막으로 봤던 광경과 비슷했다.

"설마 나 안 죽은 건가?"

카일은 숨을 크게 들이쉬고 내뱉기를 반복했다.

"캑! 콜록콜록!"

연달아 숨을 쉬던 도중 바닥에 피어오른 먼지를 한가득 들이켠 카일은 기침을 반복했다.

그렇게 한참을 난리법석을 피운 후에야 카일은 자신이 살아 있음을 실감했다.

"어, 설마……."

그는 마법진 한가운데에 박혀 있는 성검 레디언스를 응시했다. 검자루를 양손으로 쥐고 잡아당겼지만 뽑히기는커녕 미동조차 없었다. 자세를 낮춰 망가진 곳이 없는지 확인했지만 성검에도 마법진에도 아무런 이상이 없었다.

"봉인은 여전히 건재하군. 다행이야."

영원히 잠들어 버릴 수도 있는 운명을 각오하면서까지 이루어낸 봉인이 깨지지 않은 걸 확인하고 카일은 바닥에 털썩 주저앉았다.

다시 한 번 주변을 둘러보자 석화되기 전 펼쳤던 지겨운 혈투가 머릿속에 떠올랐다.

두 눈을 감자 흐릿하게 떠오르던 영상이 선명하게 모습을 드러냈다.

몬스터와 마족을 무수히 베어 넘겼고, 붉은 피에 흠뻑 젖을 정도로 전투가 계속되었다. 마족들의 비명 소리와 몬스터의 괴이한 소리가 귓가에 쉴 새 없이 울러 퍼졌고, 거친 숨을 몰아쉬면서 지하 던전을 한 층 한 층 내려갔다.

그리고…….

"나는… 녀석들과 함께 제이블란트를 쓰러뜨리고 다시 부활하지 못하도록 마법진 안에 성검을 찔러 넣어 봉인했지. 그리고 난 그대로 석화가 진행되어서……."

그는 오른손을 얼굴 가까이 가져갔다.

군데군데 찢어진 장갑 사이로 딱딱하게 굳은 살점이 드러났다. 왼손으로 살점을 쿡쿡 눌러보자 거친 감촉과 함께 돌이라면 있을 리 없는 체온이 전해졌다.

"시간이 얼마나 흘렀을까? 정말 20년이 지나갔다고 생각하기엔 실감이 안 나. 그 이상 흘렀을지도 모르고. 직접 확인해 보는 수밖에 없겠군."

2

콰앙!

밀폐되었던 지하 던전의 입구가 폭발하면서 검은색 먼지가 피어올랐다.

부서진 석판 사이로 팔 하나가 불쑥 튀어나왔다. 카일은 어깨에 내려앉은 먼지를 털어내며 지상에 발을 내디뎠다.

지하 던전에 들어가기 전 마지막으로 봤던 광경은 무수한 마족과 인간들의 시체가 서로 뒤엉켜 만들어진 아수라장이었다. 짙게 깔린 어둠 속에서 들리는 건 신음 소리뿐이었고, 고약한 피비린내가 진동했다.

하지만 지금 그의 코를 통해 들어오는 건 향기로운 꽃향기와 풀 내음이다. 강렬한 햇빛에 적응 못한 두 눈에는 아무것도 보이지 않았다.

"아……."

몇 번이나 눈을 감았다 뜬 후에야 들어온 광경은 너무도 아름다웠다.

여러 색깔의 꽃들이 피어나 화사한 모습을 맘껏 뽐냈다. 넓은 평원은 바람의 흐름에 따라 거대한 물결을 이뤘다.

어릴 적 뒷골목을 헤매던 불우한 시절과 더불어 마족과 몬스터들에게 짓밟히던 때엔 그저 꿈만 꾸던 광경이 지금 카일의 눈앞에 펼쳐졌다.

멍하니 서 있던 카일은 문득 커다란 비석 하나를 발견하고는 그곳으로 다가갔다.

「우리의 영원한 전우 여기서 잠들다.」

군더더기 없이 진심을 담아낸 문구이다.

문제라면 정작 카일 본인이 이렇게 살아서 자신을 추모하는 비석을 보고 있다는 점이지만.

"이 자식들, 완전히 날 죽은 사람 취급했잖아. 최소한 '잠들다' 란 단어 정도는 다른 걸로 바꿔달라고."

카일은 쓴웃음을 지으며 비석에 손을 가져갔다.

그렇다고 불쾌한 기분이 든 건 아니다. 그가 언제 되살아날지 모르는 상황이었으니 그들 나름대로의 배려가 이런 식으로 표현된 것뿐이다.

"그래도 여전히 실감 나질 않네. 지옥이나 다름없던 이곳이 꽃밭이라니, 전혀 예상하지 못했어."

카일은 꽃잎을 하나 뜯어내어 코에 대었다.

항상 맡았던 피비린내 대신 향긋한 꽃향기가 콧속으로 스며들자 낯설음을 넘어 당황까지 느껴졌다.

“그 녀석들은 잘 있을까?”

냉철한 판단력으로 뒤에서 모두를 이끌었던 마법사 제럴드.

엘레힘 교단의 가희(歌姬)로 절망에 빠졌던 이들에게 희망의 노래를 선사했던 성직자 카트리나.

그리고 빛의 용사라 일컬어지던 정의감 넘치던 페이서.

다들 10대 후반과 20대 초반의 젊은 나이임에도 탁월한 능력을 발휘해 마족과 몬스터들을 쓰러뜨렸고, 마지막으로 합류한 용병단 출신의 카일과 함께 암흑의 화신 제이블란트를 소멸시켰다.

그들 중 어릴 적부터 거친 인생을 살아온 카일은 나머지 세 명의 행동 방식에 종종 불만을 표출하곤 했다. 때로는 멍투성이가 될 정도로 심하게 싸우긴 했어도 카일은 결국 그들과 함께했다.

세상을 구한다는 거창한 목적의식은 없었지만, 카일이 지키고자 했던 작은 보금자리를 위해서라는 것만으로도 세 사람과 손을 잡을 이유는 충분했다. 그리고 나중에는 둘도 없는 친구 사이가 되었다.

“아차.”

카일은 자신이 뚫고 나온 입구 쪽으로 걸어갔다.

성검 레디언스에서 뿜어내는 신성한 힘이 여전히 제이블

란트의 부활을 억제하고 있음을 확인했다.

그렇다면 다른 누군가가 혹시라도 선부르게 손대는 걸 막을 필요가 있다.

카일은 부서진 입구를 향해 오른손을 확 펼쳐 내밀었다. 그러자 마나로 형상화된 검은 기운이 마치 불길처럼 타오르며 그의 오른팔을 휘감았다.

카일은 오른손을 힘껏 움켜쥐고 부서진 입구 사이로 집어넣었다. 손바닥을 다시 펼치자 압축되었던 흑염(黑炎)의 기운이 빠른 속도로 던전 안으로 내려갔다.

쿠르르릉!

지하 깊숙한 곳에서 뭔가 무너지는 소리와 함께 지면이 흔들렸다. 나무줄기에 앉아 있던 새들이 하늘을 향해 일제히 날아올랐고, 던전 입구에서 먼지가 피어올랐다.

한동안 계속 흔들리던 시야의 초점이 맞춰지자 카일은 오른손을 거두며 자리에서 일어섰다. 급격하게 마나를 끌어올린 탓에 피부 아래에서 툭 튀어나온 혈관이 들어갈 기미를 보이지 않았다.

"휴우, 이젠 이곳으로 들어갈 길은 없겠지. 누군가 봉인을 다시 풀 걱정도 없고."

제이블란트를 봉인한 지하 던전의 통로 자체를 붕괴시킨 카일은 홀가분한 표정으로 손바닥을 툭툭 털었다.

3

　카일은 침엽수림 사이로 길게 이어져 있는 길을 내려가며 생각에 잠겼다.

　눈에 들어오는 모든 것이 너무나 낯설었다.

　몸이 기억한 대로 걸음을 옮겼지만 완전 폐허나 다름없던 곳이 수풀이 우거진 숲으로 변해 있자 넘쳐나는 괴리감에 신경이 예민해졌다.

　과연 이 방향이 맞을까 하면서 도중에 몇 번이나 멈춰 서며 방황했지만, 잠시 머리를 비우고 멍하니 있다 보니 계속 같은 방향으로만 걸어가고 있었다.

　그렇게 머리와 몸이 따로 노는 상태에서 계속 걸어가던 중, 길 양옆 수풀 속에서 험상궂게 생긴 남자 서너 명이 불쑥 튀어나오더니 카일의 앞을 가로막았다.

　"흐흐, 오래간만에 건수 하나 제대로 건졌군."

　"그러게. 무슨 배짱으로 이런 후미진 숲에 홀로 들어왔지? 우리야 고맙지만 말이야. 낄낄."

　헝클어진 머리에 어쭙잖은 복장을 하고 있었지만, 카일을 둘러싼 이들의 손에는 각각 무기가 들려 있었다.

　'강도? 아니, 산적이라고 해야 하나?

갑작스러운 변화에 적응 못한 카일은 자신의 앞과 뒤, 그리고 옆에서 얼쩡거리는 산적들을 멍하니 바라보았다.

그들 중 한 명이 기세 좋게 녹슨 검을 앞으로 내밀더니 검 끝으로 카일의 목을 겨누었다.

“좋은 말로 할 때 가진 거 다 내놔. 그러면 목숨만은 살려…….”

“살려?”

“아니, 그게… 그 뭐냐…….”

카일의 앞으로 나섰던 산적은 말을 더듬거리더니 목소리를 낮추었다.

20년 전, 처절한 혈전을 치르자마자 성검과 함께 석화되어 버린 카일의 갑옷에는 여기저기 긁힌 자국과 함께 마족과 인간의 피가 뒤섞여 흠뻑 묻어 있었다.

게다가 피에 젖다시피 한 머리에선 피비린내가 풀풀 풍겼고, 날카로운 카일 특유의 눈매는 정면으로 마주친 이에게 공포를 유발시켰다.

야리하게 보이던 얼굴과는 대조적으로 두꺼운 근육이 드러난 팔을 뒤늦게 알아챈 산적들은 뭔가 일이 잘못되었다고 느꼈다.

“이것 참, 깨어나자마자 손 풀 일이 생기네.”

카일은 등에 비스듬히 메고 있던 대검을 검집에서 뽑아

냈다.

"허억!"

"저, 저거 뭐야?"

거의 자신의 키만 한 길이의 검을 뽑아낸 카일을 보고 산적
들은 동시에 엉덩방아를 찧었다.

"저, 저게 진짜 검이었어?"

"미친……."

너비는 보통 검의 몇 배였고, 검은색으로 일관된 검신과 검
자루는 중압감을 가중시켰다.

카일은 보통 사람이라면 양손으로도 들기 버거울 정도의
대검을 오른손으로 쥐고 가볍게 슥슥 휘둘렀다. 그리고 산적
들의 얼굴을 한 명씩 꼼꼼히 살펴보며 누굴 택할까 잠시 고민
했다.

"아니야. 시작부터 피를 보기엔 좀 그렇군. 비켜봐."

그는 대답도 듣기 전에 정면에 있는 산적을 발로 소리 나
게 걷어차더니 길 왼쪽의 숲을 향해 검을 내밀었다. 그리고
가볍게 가로로 검을 휘두르자 나무에 검은색 직선이 그려지
더니 그 선을 경계로 갈라지며 옆으로 기울어지기 시작했
다.

쿵!

성인 남성의 허리만 한 나무가 맥없이 베어져 나가자 산적

들의 얼굴에 핏기가 완전히 사라졌다.

카일은 방금 베어낸 나무의 그루터기 위해 털썩 앉더니 오른손 검지를 까닥거리며 산적들을 불렀다.

"두말 안 하겠어. 말로 할 때 와. 정 싫다면 도망가도 좋아. 대신 고통 없이 베어줄게. 이 나무처럼."

산적들은 부들부들 떨기 시작했다. 일어서려고 했지만 두 다리에 힘이 풀려 도저히 불가능했다. 결국 그들은 두 팔을 땅바닥에 짚고 빠르게 기어서 카일 앞에 옹기종기 모였다.

"박아."

"네?"

"머리 박으라고. 두말하게 하지 말고."

4

"끄으응……."

"아이고……."

"으윽……."

나란히 줄을 지어 두 손을 허리에 올려놓고 머리를 땅에 박은 산적들의 입에서 신음 소리가 흘러나왔다.

카일은 그런 산적들 앞에서 두 눈을 감고 팔짱을 꼈다.

"그래, 지금이 몇 년이라고?"

"1, 1325년입니다요!"

"확실하지?"

"물론입니다!"

그는 몇 번이나 똑같은 질문을 던졌고, 똑같은 답변을 들었다.

"1325년이라……. 진짜 20년 꽉 채웠네."

"네?"

"혼잣말이니까 신경 꺼. 아, 그리고 제대로 박아. 땅바닥에 손대면 알지?"

슬쩍 땅바닥에 대려던 산적의 손이 재빠르게 허리 위로 올라갔다. 다른 산적들도 괴롭긴 마찬가지였지만, 하필이면 카일의 바로 앞에 머리를 박은 산적은 30분이 넘게 지속되는 질문에 일일이 대답하며 땀범벅이 되어야 했다.

'진짜로 20년이란 시간이 흘러갔구나.'

성검 레디언스를 페이서에게 건네받을 때만 하더라도 실제로 그렇게 오랜 시간 봉인하고 있을 거라고는 믿지 않았다.

애당초 제이블란트를 고작 검 하나로 봉인시킬 수 있을까 하는 것 자체에 대해서도 의문을 가졌던 터이니.

'그렇다면 그 녀석들 모두 30, 40대 중년이 되었겠네?

빛의 용사라는 칭호와 별개로 '빛의 귀공자' 라 불릴 정도의 미소년이었던 페이서의 얼굴이 카일의 머릿속에서 나름 깔끔한 미중년으로 바뀌었다.

제럴드의 얼굴은 왠지 20년이란 세월 속에서도 그다지 변하지 않고 대신 깐깐한 이미지만 더 강해졌을 거란 추측이 들었다.

유독 카트리나만 어떻게 변했을지 상상하기 힘들었다. 20년 전에는 카일보다 다섯 살 어린 열여덟 살의 소녀였지만 여자는 단 1년만 지나도 어떻게 변할지 모르는 부류이니까.

"끄으응……."

"그만 좀 끙끙거려. 고작 머리 좀 박은 거 가지고 당장에라도 죽을 것처럼 그러긴."

"하지만 이, 이건 진짜로 아파서 죽을 것……."

"그런데 말이야, 너희는 진짜로 날 죽이려고 했잖아?"

"그, 그건… 가진 걸 내놓기만 했다면……."

"말은 잘한다. 그런 놈들이 서슬이 시퍼런 무기들을 들고 왔냐?"

카일의 지적에 계속 대꾸하던 산적의 입이 꾹 다물어졌다.

"도둑과 강도는 질 자체가 다르다고. 만약 내가 힘없는 나부랭이였다면 너희가 그저 가진 걸 다 내놓았다고 순순히 풀어줬을까? 옷까지 다 벗긴 김에 겁탈한 후 죽여서 파묻어 버렸을지도 모르지.”

“그, 그런 취미 따위는 없습니다요!”

“없으면 무기 들고 설치지 말고 소매치기나 해. 어차피 남의 것 훔치거나 빼앗아서 사는 인간들이 개과천선할 리는 없으니까. 그나저나 도대체 치안 상태가 얼마나 엉망인 거야? 이런 산골짝에 산적 나부랭이들이 날뛸 정도면…….”

이번에는 카일이 하던 말을 멈추고 입을 다물었다.

‘아니, 되레 좋아졌기 때문에 산적 따위가 생긴 거잖아? 옛날 같았어 봐. 몬스터와 마족들 때문에 이런 숲 속에 들어올 생각 자체를 못했겠지.’

그가 열 살 때까지 힘겹게 살아가던 뒷골목을 탈출한 이유는 다름 아닌 마족의 침공 때문이었다.

하루하루 살아가는 게 힘겨운 뒷골목 생활이었지만, 그곳 나름대로의 규율을 지키면 어떻게든 살아가는 것 자체는 가능했다.

하지만 마족이 이끌고 온 몬스터들은 그런 얄팍한 규율마저도 의미 없도록 만들었다. 눈에 띄는 인간이 모두 죽어나가는 아수라장 속에선 소매치기나 깡패, 범죄자들조차 살아남을 수 없었다.

"야, 너희."

은근슬쩍 손을 바닥에 대려던 산적들이 화들짝 놀라며 도로 허리로 가져갔다.

"너희 보고 이런 짓 다시는 하지 말라는 말 따윈 하지 않겠어. 단지 나에게 다시 걸리거나 나와 관련된 사람들에게 뭔가 한다면……. 무슨 의미인지 알겠지?"

"네, 넵!"

"다시는 강도짓 따위 하지 않겠습니다!"

"그딴 말 믿지 않으니까 좀 닥쳐. 그리고 그만 일어나."

말이 떨어지기가 무섭게 산적들은 옆으로 쓰러지며 거친 숨을 몰아쉬었다.

"아참, 잊은 게 하나 있는데."

카일은 대자로 뻗어 일어날 기운조차 없는 산적들 앞에 멈춰 서더니 자세를 낮추면서 오른손을 쓱 내밀었다.

"너희는 날 죽이고 강도짓하려고 했지?"

"다, 다시는 그런 짓 따위 하지 않겠습니다!"

"내가 말하는 건 단지 사실 여부뿐이야. 나에게 뭔가 해를 가하려고 한 너희에게 내가 그만큼의 보상을 받아가는 건 당연한 일이지? 안 그래?"

"네?"

"옛 친구들 찾아가려면 여비가 필요한데 마침 잘됐어. 가진 돈 다 내놔."

"……."

5

엘레힘 신성력 1325년 7월 11일.

산적들에게 돈을 갈취하고 근처 마을로 내려온 카일은 말을 한 마리 구해 가장 가까운 번화가에 도착했다.

그리고 하룻밤을 지낸 뒤 마차를 구해 옛 동료 중 제럴드가 있을 거라 추측되는 마탑으로 향했다.

"……."

그는 입을 굳게 다물고 마차 창문으로 스쳐 지나가는 밖의 경치를 구경했다.

제이블란트와의 마지막 혈전 이후 실제 시간은 20년이나 흘러갔지만, 카일 본인에겐 고작 며칠 밤이 지났을 뿐이다.

그의 눈에 비춰진 평화로운 광경이 너무나 이질적으로 다가왔다. 아무리 봐도 익숙해지긴 무리였다.

강렬한 햇빛을 받아 화사하게 반짝이는 호수와 푸른 수풀이 지금 당장에라도 말라붙어 바닥밖에 안 보이는 대지와 불타서 잿더미만 남아버린 폐허로 바뀔 것만 같았다.

"정말 세상이 확 바뀌었어."

마차를 구하기 위해 도시에 도착한 순간 카일은 두 눈을 의심했다.

많은 이가 오고 가며 북적거리는 시장의 풍경은 마족과 혈전을 벌이던 당시엔 상상조차 하기 힘들었다.

마족과의 전투에서 항상 선두에 섰던 그의 기억에 남아 있는 건 저주받아 어둠이 깔린 도시와 산처럼 쌓인 인간과 마족의 시체를 한데 모아 불태우는 장면, 아니면 부상 입은 병사들과 시민들이 신음하며 누워 있는 모습이다.

아삭.

카일은 마차를 구하는 도중 들른 과일 상점에서 사온 사과를 한입 깨물었다.

기나긴 전란 속에서 어쩌다가 입에 댈 수 있는 과일은 말린 것뿐이었다. 입안으로 스며드는 신선한 과즙이 꿈이 아닌지 착각하게 만들었다.

"예전의 백분의 일도 안 되는 가격에 갓 딴 사과를 먹을 수 있다니, 세상 참 좋아졌어."

그는 연이어 사과를 먹어치우더니 씨와 꼭지만 빼내 마차 밖으로 휙 내던졌다. 봉지 안에 가득 담겼던 사과를 반 정도 먹어치운 카일은 만족스러운 표정으로 배를 툭툭 두들겼다.

하지만 이유를 알 수 없는 허무함이 그를 찾아왔다. 평온한 하루가 이어지자 마음속 어딘가가 텅 빈 느낌을 지울 수가 없었다.

20년 전의 아수라장에 비하면 며칠 전 산적을 만난 일 정도는 해프닝에 지나지 않는다.

막사 안에서 잠시 눈을 붙였을 뿐인데 다음 날 찢어진 막사 안에 동료들의 목이 뒹굴고 있는 참혹한 광경을 여러 번 겪기도 했고, 먹을 게 없어서 몬스터의 살점을 잘라 구워 먹는 고충을 겪기도 했다.

방심은 곧 죽음으로 이어졌고, 여유란 말은 그 어떤 단어보다 사치스러웠다.

"사치란 게 이렇게 허무한 거였나?"

언제 적이 뒤를 덮칠지 모르는 걱정 따위 하지 않고 마차에 비스듬히 등을 대고 경치를 즐기고 있지만 뭔가 성취했다는 느낌은 들지 않았다.

제럴드가 있는 마탑에 도착하려면 최소 여섯 시간은 걸릴 터. 카일은 억지로 잠을 청해봤다. 하지만 눈만 감고 있을 뿐 잠은 오지 않았다. 더 이상 그를 습격할 적이 없음에도 거의 본능이나 다름없는 경계심 때문에 쉽사리 잠이 오지 않았다.

"젠장, 잠도 제대로 못 자는 몸이라니……."

6

마탑에 도착한 카일은 입구를 지키고 있는 경비병에게 무기를 맡기고 제럴드가 있는 10층으로 올라갔다.

제럴드의 이름이 적혀 있는 문 앞에 선 카일은 노크를 하려다가 도중에 멈추고 생각에 잠겼다.

'아무리 생각해도 납득이 가지 않아. 세상을 구한 이후 20년이나 흘렀는데 제럴드 녀석, 고작 선생이라니?

냉정히 생각하면 왕궁의 수석 궁정마법사 자리에 있어도 시원찮을 판국에 지방 한구석에 위치한 마탑의, 그것도 일개 선생으로 일하고 있다는 사실이 믿기지 않았다.

제럴드는 냉철하고 무뚝뚝한 성격이지만, 반대로 출세 지향적인 면이 강했다. 제이블란트와의 최종 결전 이전에 이미 왕궁의 궁정마법사 자리가 예정된 상태였고, 활약한 만큼의 급료를 받고 있었다.

물론 그건 다 병약한 정혼자의 치료비 때문이었지만.

'뭐, 본인한테 물어보는 게 제일 정확하겠지?

카일은 다시 노크를 하려다가 관두고 문을 확 열었다.

"오랜만이야, 제럴드."

“누구신지?”

책상에서 두루마리에 마법식을 작성 중이던 제럴드는 고개를 돌려 낯선 방문자를 쳐다봤다.

반면 카일은 단 며칠 만에 20년이란 세월을 보낸 옛 전우를 그윽한 눈길로 바라봤다.

“절 찾아오셨습니까?”

전보다 두꺼워진 안경알과 갈색 머리카락 사이에 드문드문 섞인 흰색 머리카락, 그리고 이마에 자리 잡은 주름이 시간이 흘렀음을 증명해 주었다.

“시간이 흐르긴 했어도 그 깐깐한 표정은 여전하군.”

“전 누구냐고 물었습니다.”

“딱 봐도 처음 보는 상대에겐 아무리 어려 보여도 끝까지 존댓말을 쓰는 습관 하며, 먼지 하나 안 남게 꼼꼼하게 청소하는 버릇도 그대로 남아 있네. 정말 너다워.”

카일은 거침없이 이야기를 쏟아내었지만 내심 왠지 막막한 느낌을 지우기 힘들었다.

이제까지 그가 본 20년 후의 세상은 예상과 확연히 벗어난 모습이라 낯설 뿐이었지만, 제럴드의 얼굴은 과거에서 서서히 시간이 흘러갔음을 느끼게 해주었다.

카일에게는 단지 3, 4일 정도의 시간이지만 다른 이들에겐 20년이라는 간격이 절실하게 느껴지는 순간이다.

“내가 있던 고아원을 지원해 준다는 약속 잊지 않았겠지?”

“고아원?”

제럴드는 찡그렸던 표정을 풀고서 자리에서 벌떡 일어섰다. 그리고 카일의 바로 앞까지 걸어갔다.

기나긴 시간 동안 파묻혀 있던 예전의 기억이 되살아나더니 가슴속에 담아두었던 한 남자의 얼굴이 천천히 떠올랐다.

하지만 제럴드는 이내 표정을 일그러뜨리면서 뒤로 한 발짝 물러섰다.

“당신은 누구십니까? 저의 옛 전우를 욕되게 할 생각이라면 당장 물러나십시오.”

제럴드는 문 쪽을 가리키며 나가라고 지시했다. 그러나 카일은 씨익 웃으면서 들고 온 봉투에서 사과를 하나 꺼내 휙 던져 올렸다.

“넌 식사할 때조차 진지한 표정이었지. 하지만 단 한 번, 내가 숲 속에서 운 좋게 발견한 사과나무에서 사과를 따 왔을 때 어울리지 않게 웃었어. 내 말이 틀려?”

제럴드는 얼떨결에 낚아챈 사과를 보며 멍하니 서 있었다.

그리고 얼마 지나지 않아 사과를 움켜쥔 두 손이 부들부들 떨리기 시작했다.

“당신은 설마······.”

“그래, 나야.”

20년이 흐른 지금, 마지막으로 봤던 모습 그대로 나타난 카일 앞에서 제럴드는 할 말을 잃어버렸다.

그의 손에서 빠져나간 사과가 데굴데굴 바닥을 구르고 있다.

Chapter 02
몰락한 영웅들

흑암의 귀환자

1

　20년 만에 만난 두 전우 사이에 고요함이 감돌았다.

　제럴드는 고개를 숙이더니 벅차오르는 감정을 추스르기 위해 아랫입술을 살짝 깨물었다. 하지만 정작 카일은 어깨를 살짝 으쓱거리더니 제럴드의 어깨를 살짝 두들겨 주었다.

　"카일, 정말로 돌아왔군요. 20년 만에……."

　"솔직히 말하면 지금도 실감 나지 않아. 기나긴 꿈을 꿨다고 보기엔 너무나 짧게 느껴지고 말이야. 그래도 나이 든 네 얼굴을 보니 20년이란 시간이 진짜 흘러갔다는 느낌이 들어."

자신보다 세 살 더 많았던 제럴드는 어느새 40대 중반의 중
년이 되어버렸다. 누가 봐도 친구 사이이던 두 남자는 이제
부자로 보이는 세월의 차이를 여실히 드러냈다.

"그런데 확실히 좀 어색하긴 하다. 평소대로 이야기하다
보니 나이 든 사람에게 반말 툭툭 내뱉는 놈이 되어버리네."

"전 당신에게 존댓말 듣는 게 더 그렇습니다. 그냥 하던 대
로 하십시오."

겉모습은 변했지만 속은 여전히 카일이 알고 있는 제럴드
가 맞았다. 그러나 예전에 비해 뭔가 어두운 그림자가 제럴드
의 표정 뒤에 깔려 있었다.

"참, 그 아가씨는 잘 있어? 아차, 지금은 아가씨가 아니라
네 부인이겠지?"

카일은 화제를 바꾸기 위해 제럴드의 귀여운 정혼자 이야
기를 꺼냈다. 피와 죽음이 언제 찾아올지 모르는 전쟁이 반복
되는 와중에도 틈나는 대로 제럴드를 찾아온 아가씨는 항상
미소를 머금고 있었다. 물론 제럴드는 평소의 표정대로 무뚝
뚝하게 그녀를 대했지만 둘 사이에 말로 표현할 수 없는 공감
이 있었다는 것을 카일은 분명히 기억하고 있다.

"네가 성검에 손을 뻗으려다가 망설인 이유가 그거잖아?
자식은 몇 명이나 있어?"

"자식은 없습니다."

“그래?”

“더 정확히 말하면 그녀는 예전에 죽었습니다.”

“어…….”

카일의 오른손에 쥐어져 있던 사과가 아래로 툭 떨어졌다.

“당신이 성검으로 제이블란트를 봉인하던 날, 결국 병을 못 이기고 다른 세상으로 떠나 버렸지요.”

제럴드는 카일이 떨어뜨린 사과를 주워 들고선 두 눈을 지그시 감았다.

카일은 할 말을 찾지 못하고 뒤통수만 긁적거렸다. 이렇게 무안한 기분이 드는 건 참으로 오래간만이다.

“당신이 미안해할 일은 아닙니다.”

제럴드는 다시 눈을 뜨고서 카일을 응시했다.

“그나저나 사과라니 오래간만에 보는군요.”

제럴드는 마법으로 사과를 손바닥 위에 띄우더니 중지만을 까닥거려 날카로운 바람을 일으켰다. 그러자 정확하게 반으로 갈라진 사과가 손바닥 위에 툭 떨어졌다.

“마법 실력은 여전하네.”

카일은 깔끔하게 두 조각으로 갈라진 사과의 단면을 살펴보고 내심 감탄했다. 마법의 위력은 옛날에 비해 증가했는지 어떤지 몰라도 정교함만큼은 확실히 늘어났음을 단번에 파악할 수 있었다.

"그런데 지금 일부러 마나를 억제하고 있는 거야? 마나가 눈에 확 띄게 줄었는데?"

제럴드의 몸에서 뿜어져 나오는 마나의 양이 한눈에 봐도 턱없이 부족했다. 제이블란트를 쓰러뜨리기 전에 비하면 1/10도 안 되어 보였다.

"당신이 성검 레디언스로 제이블란트를 봉인하던 그날 이후로 이렇게 되어버렸습니다."

"무슨 소리야?"

"저도 원인을 알 수 없습니다. 봉인에 필요한 것은 한 명의 희생양만이 아닌 다른 이들의 마나도 필요한 게 아니었었나 하는 추측밖에 할 수 없었지요."

"엘레힘 교단 측에서 한 말과 다르잖아? 나 혼자만 그 검 붙들고 20년 동안 버티면 끝나는 일 아니었어?"

제이블란트를 단순히 소멸시키는 것만으로는 그 존재를 완전히 지울 없다고 주장한 측은 엘레힘 교단이었다. 그리고 교단은 신의 목소리가 그렇게 말했다고 공표한 후 카일 일행에게 성검 레디언스를 내놓았다.

"난 예전부터 교단이 맘에 안 들었어. 뭔가 우리가 한 방 먹은 거 같은 기분인데……."

"지금 와서 따지기엔 너무 늦었습니다. 무엇보다 거대한 조직을 상대로 뭔가 요구하기엔 현재 제 입장이 너무나 초라

합니다.”

제럴드는 사과를 입으로 가져갔다가 도로 내려놓았다. 탁자 위에 올려놓은 모래시계의 위쪽이 텅 빈 것을 보고 두루마리를 챙겼다.

“미안하지만 잠시 기다려 주십시오.”

2

“제럴드, 일을 이따위로 처리할 건가?”

마탑의 최상층, 학원장실로 불려간 제럴드는 자신이 작성한 두루마리로 얼굴을 툭툭 얻어맞으며 가만히 서 있었다.

“다시 작성해. 오늘 내로.”

학원장은 그가 작성한 마법식을 제대로 읽어보지도 않고 바닥에 휙 던졌다.

“마법식에는 문제가 없습니다.”

“내가 해보니 하나도 맞는 게 없어. 다시 작성하도록.”

학원장은 볼품없어 보이는 콧수염을 매만지면서 의자에 등을 기댔다.

“전 틀리지 않았습니다.”

순간 제럴드의 시야가 검게 변해 버렸다.

“말대꾸하지 마!”

쾅!

학원장은 방금 끼얹은 잉크병을 탁자에 강하게 내려쳤다.

"그 알량한 선생 자리에서마저 쫓겨나고 싶지 않으면 제대로 일 처리해. 알겠지?"

"……."

검은색 잉크가 제럴드의 로브를 타고 바닥에 뚝뚝 떨어졌다. 학원장은 책상 서랍에서 여송연을 꺼내더니 제럴드에게 손짓으로 나가보라고 명령했다.

밖으로 나간 제럴드는 문을 닫고 계단을 내려갔다. 그리고 문 앞에서 둘의 대화를 몰래 엿듣고 있던 카일이 뒤따라갔다.

"너무 심한데?"

카일은 여전히 잉크 물이 뚝뚝 떨어지고 있는 제럴드의 뒷모습을 보며 씁쓸한 표정을 지었다.

"봤습니까?"

"응. 네가 제작한 마법식을 아예 보지도 않고 판단해 버리던데. 저놈, 미친 거 아냐?"

"지금의 제가 이 정도밖에 안 되는 인간이라는 반증이기도 하지요."

일부러 순간이동용 마법진이 아닌 계단으로 내려가는 제럴드 옆으로 동료 교사 몇 명이 스쳐 지나갔지만 혹시라도 그와 시선이 마주칠까 봐 노골적으로 꺼리며 옆으로 비켜섰다.

“그놈 도대체 뭐 하던 놈이야? 전쟁 때 무슨 큰 공훈이라도 세웠어? 아무리 네가 지금 선생이라고 해도 심한데.”

“커투스 학원장입니다. 당신도 본 적이 있는 마법사이지요.”

“커투스? 흐음! 아, 네 밑에서 막 아부 떨던 그 마법사?”

“네, 지금은 이 마탑의 학원장입니다.”

학원장이라는 말에 카일은 어이가 없었다.

제럴드 뒤를 졸졸 따라다니며 꼬리 치는 모습은 흡사 강아지나 다름없었다. 그런 애송이가 지금은 제럴드를 마구 부리는 입장에 있다니 기가 찰 수밖에 없었다.

“지금 봐도 그 인간, 별 능력 없어 보이는데? 마나가 늘어난 것도 아니고 말이야.”

“지금같이 평화로운 시대엔 능력이 없어도 연줄만 튼튼하면 위로 올라갈 수 있습니다.”

“그렇다고 쳐도 네가 고작 이런 자리에 있다는 게 납득되지 않아. 도대체 20년 동안 무슨 일이 있었던 거야?”

카일의 물음에 제럴드는 걸음을 멈췄다.

그리고 등을 보인 채로 입을 열었다.

“예전에 종종 저에게 하던 말 기억납니까? 너처럼 냉철하게 판단하는 인간은 처음 봤다고.”

“그, 그랬지.”

“그런데 말입니다, 그녀의 죽음 이후로 전 그 냉철함을 잃어버렸습니다. 감정에 휩싸여 일을 그르칠 수 있는 평범한 그런 인간이 되어버렸더군요. 단지 그뿐입니다.”

“그렇다고 쳐도 지금 네 처지를 납득할 수 없어.”

“냉정했던 인간이 그 냉정함을 잃어버리면 어떻게 되겠습니까?”

“거하게 사고 몇 번 쳤나 보지?”

“지금 다 설명하기엔 무리입니다. 저답지 않은 일을 반복했다고 생각하면 편할 겁니다.”

제럴드의 설명은 너무나 축약되어 있어서 20년간 무슨 일이 일어났는지 카일로선 추측하기 힘들었다.

하지만 한 가지 확실한 사실은 지금 이 자리에서 제럴드의 아픈 상처를 다시 헤집을 이유는 없다는 것이다. 그저 옛 동료가 과거 이룬 업적에 비해 푸대접받고 있는 현실이 안타까울 뿐이다.

“그나저나 카일, 당신 꽤 변한 것 같습니다. 예전 같으면 제가 말리기도 전에 커투스의 멱살을 붙잡고도 남았을 텐데.”

“그러게. 내가 생각해도 신기해. 평화로운 분위기에 벌써 적응해 버렸나 봐.”

용병단에 몸담고 있을 때의 카일은 그 누구보다 거칠며 다

혈질이었다. 자신, 혹은 주변 인물에게 납득되지 않는 일이 발생하면 그 즉시 제대로 된 결말을 보지 않고선 물러서지 않는 인물이었다.

"제럴드, 내가 이런 말 할 입장은 안 되지만, 이렇게 수모받으며 있을 바엔 그냥 마탑 때려치우지 그래?"

"그러면 고아원에 보낼 돈이 사라집니다."

"설마 지금도 계속 보내고 있는 거야?"

"스스로 봉인의 열쇠를 자청한 당신과의 약속입니다. 그것만큼은 무슨 일이 있더라도 지켜야죠."

카일 본인도 크게 기대하지 않고 꺼낸 말을 제럴드는 20년이란 긴 시간 동안 묵묵히 지켜왔다.

"그나마 전 나은 편입니다. 카트리나 양과 페이서 님은……."

3

엘레힘 신성력 1325년 7월 16일.

'……저보다 사정이 안 좋을 겁니다.'

카일의 머릿속에 제럴드의 말이 계속해서 맴돌았다.

"젠장."

또 다른 동료를 찾으러 마차에 몸을 실은 카일의 입에서 욕설이 반복해서 흘러나왔다.

전쟁이 끝난 지 20년의 시간이 흘렀다면 세상을 구한 영웅들의 이름이야 사람들 사이에서 서서히 잊히는 일 따윈 흔하다.

하지만 모두를 위해 목숨을 걸고 싸운 이들에게 최소한의 보상은커녕 구해준 자들로부터 괄시받는 일은 절대 있어서는 안 된다. 한 나라의 왕이 되지는 않더라도, 교단의 수장이 되지는 못하더라도, 행복한 얼굴로 여유로운 삶을 살 권리 정도는 마련되어야 하지 않겠느냐고 카일은 몇 번이나 스스로에게 물어봤다.

하지만 혼자서 열을 내봤자 바뀌는 건 아무것도 없다.

제럴드의 배웅을 받으며 마탑 밖으로 나왔을 때 카일은 그 망할 학원장 커투스가 있는 마탑 꼭대기를 바라보며 지금 당장에라도 쳐들어가 혼쭐을 내줄까 하는 생각도 해봤다. 하지만 결국 곤란해지는 건 제럴드라는 걸 알고서 한숨을 내쉬었다.

해는 저물었지만 마차 밖 경치는 오히려 길거리 곳곳에 밝혀놓은 등불로 인해 불야성을 이루었다. 베르틴 왕국 최고의 유흥가 마르겐 거리로 들어서자 확연하게 다른 공기가 느껴졌다.

벌써부터 거하게 취해 비틀거리는 주정뱅이들과 그런 남자들에게 달라붙는 창녀들, 그리고 뒷골목 어두운 곳에서 기척을 숨기고 행인들의 돈주머니를 노리는 소매치기의 눈빛……. 어릴 적 지겹게 봐오던 광경이 카일의 눈앞에 펼쳐졌다.

"안으로 더 들어갈까요?"

"아니, 여기까지."

마차에서 내린 카일은 금화를 던져주고선 마르겐 거리를 걸어갔다. 제럴드가 그려준 약도대로 큰 거리를 한참이나 걸어간 뒤 좁은 골목길을 빙빙 돌아 허름한 간판 앞에 도착했다.

안으로 들어가니 여기저기에서 뿜어대는 여송연 연기로 실내가 뿌옜다. 의외로 안은 넓었지만 수십여 개의 테이블 중 손님이 앉은 자리는 대여섯에 불과했다.

가게 안쪽의 작은 무대 위에선 붉은색 드레스를 걸친 한 여성이 노래를 부르고 있었다. 카일은 무대 바로 앞 테이블에 앉은 뒤 정면을 응시했다.

그는 눈을 감고 들려오는 여러 소리 중 단 한 사람의 목소리에만 집중했다.

'그래, 이 목소리였어.'

태어나는 순간부터 부모를 몰랐고, 더러운 뒷골목을 전전

하다가 운 좋게 고아원으로 들어간 카일에게 신(神)이라는 단
어는 무의미했다. 자연스럽게 신을 운운하는 성직자들이 같
잖게 보였고, 전쟁이 길어지면서 진짜 신이 있다면 이런 지옥
을 보고만 있을 리 없다며 비아냥거렸다.

그러나 그녀의 노래를 들을 때만큼은 '신성함'이란 느낌
이 어떤 것인지 알 수 있었다. 단지 평소 주절거리던 말 때문
에 굳이 겉으로 표현하지 않았을 뿐이다.

'카트리나, 넌 왜 이런 곳에 있는 거지?

엘레힘 교단의 성당 안에서 울려 퍼져야 할 신성한 목소리
는 다름 아닌 싸구려 술집 안에서 취객들의 술주정 부리는 소
음과 뒤섞여 측은하게 들려왔다.

4

허리 아래까지 내려온 은색의 긴 머리카락, 맑고 투명한 푸
른색 눈동자, 그리고 흰 피부…….

카트리나의 외모 자체는 크게 달라진 것이 없었다. 비록 전
에 없던 짙은 다크서클이 눈 밑에 선명하게 자리 잡고 있고
드러난 목과 손목은 전보다 확연하게 가늘어졌지만, 카일의
눈에 그녀는 여전히 아름답게 비쳤다.

그러나 카일이 상상한 그녀의 20년 후 모습은 이런 곳에 서

있는 것이 결코 아니었다. 남들에게 잊힐지언정 주정뱅이들의 무시 속에서 홀로 노래 부르는 모습은 절대 아니었다.

"끄윽! 그딴 노래 부르지 말고 벗으라고! 벗어! 어깨만 감질나게 보여주지 말고!"

손님 중 한 명이 벌겋게 달아오른 얼굴로 자리에서 벌떡 일어섰다. 그는 한 손에 반쯤 비워진 술병을 들고 비틀거리며 무대 쪽으로 걷기 시작했다. 노골적으로 카트리나를 희롱하는 말을 연달아 내뱉었지만, 그를 막는 사람은 아무도 없었다.

"헤헤헤, 끄윽! 내 말이 안 들려? 벗으……."

"그래, 벗겨주지."

어느새 주정꾼 앞에 모습을 드러낸 카일은 오른손으로 멱살을 강하게 붙들더니 휙 들어 올렸다.

"어? 어어?"

갑작스런 카일의 난입에 주정뱅이는 도망도 가지 못하고 들린 두 발을 허공에 휘휘 저을 뿐이다.

카일은 주정뱅이를 한 손으로 들고서 술집 밖으로 나왔다. 그리고 바로 옆 골목으로 휙 내던졌다.

우당탕!

쓰레기통이 넘어지면서 주정뱅이의 머리는 완전히 오물범벅이 되어버렸다. 하지만 그것만으로는 카일의 분이 풀리지 않았다.

퍽! 퍽!

둔탁한 소리와 함께 주정뱅이의 양쪽 눈이 시퍼렇게 멍들었다. 오물과 진흙으로 뒤범벅이 된 주정뱅이는 몸을 웅크리고 울상을 지었다.

"이렇게 된 이상 옷을 입고 있기엔 곤란하지?"

"사, 사람 살려!"

"죽이지 않으니까 걱정하지 마. 옷만 벗기고 좀 더 때려줄게. 죽지 않을 정도로만."

카일은 거리낌 없이 주정뱅이의 옷을 찢어발기더니 이번엔 발로 걷어찼다. 주정뱅이의 아우성에 지나가는 이들의 시선이 쏠렸지만, 이내 카일과 눈이 마주치자마자 혼비백산해 도망쳐 버렸다.

"잘 들어. 다시 한 번 그녀에게 그딴 말 지껄였다간 혓바닥을 뽑아버릴 테다. 아니, 지금 뽑아줄까?"

"다, 다시는 안 그러겠습니다!"

"다시가 아니라 영원히!"

퍽!

카일의 마지막 발길질이 주정뱅이의 사타구니에 작렬했다.

상대는 게거품을 물며 진흙탕 위로 털썩 쓰러졌고, 카일은 침을 뱉더니 얼굴에 묻은 핏방울을 쓰윽 닦아냈다.

카일이 다시 가게 안으로 들어서자 카트리나는 여전히 무관심 속에서 꿋꿋하게 노래하고 있었다. 단, 방금 전 가게 밖에서 들린 누군가의 비명 소리 덕분에 남은 손님들은 조용히 술만 들이켜며 카일의 눈치를 살폈다.

천장 모서리에는 거미줄이 덕지덕지 매달려 있고, 탁자 위엔 기름때가 남아 끈적거렸다. 웨이트리스가 허겁지겁 가지고 온 맥주는 김이 완전히 빠져 목 너머로 넘기기 버거웠다.

5

공연을 마치고 대기실로 들어온 카트리나는 거울 앞에 섰다.

한눈에도 지쳐 보이는 얼굴과 창백한 안색은 어제나 오늘이나 마찬가지였다.

한때는 마르겐 거리에서 알아주는 극장이던 이곳은 기하급수적으로 늘어난 다른 극장에 밀려 점차 쇠락했고, 결국에는 싼값에 이끌려 온 적은 수의 주정뱅이만 찾는 곳이 되어버렸다. 마치 카트리나의 현재 처지를 비춰주는 거울과도 같은 곳이다.

"쿨럭……."

기침 소리와 함께 입을 틀어막은 그녀의 손바닥에 피가 한 움큼 묻어나왔다. 썩어가는 마음과 함께 그녀의 몸 역시 망가져 가고 있었다. 흰색 법의를 걸치고 성스러운 엘레힘 교단의 상징 아래에서 성가를 부르던 가희(歌姬) 카트리나의 이름은 이젠 정말 과거의 이야기가 되어버렸다.

그녀는 거친 숨을 몰아쉬며 바닥에 털썩 주저앉았다. 계속해서 터져 나오는 기침을 억지로 참으면서 드레스 끝자락을 강하게 움켜쥐었다.

'그 남자, 처음 보는 얼굴이 아니었어. 왠지 모르겠지만 그리운 느낌이 지워지지 않아.'

오늘따라 유달리 과거 생각이 난 이유는 무대 앞자리에 앉아서 묵묵히 맥주만 들이켜던 한 남자 때문이다.

손님들끼리 싸움이 일어나는 일 정도야 흔했기에 별로 신경 쓰지 않았다. 하지만 시선이 마주치는 순간 가슴 깊이 묻어두었던 옛 기억이 되살아나는 느낌을 받았다.

"여기 계셨구먼."

문이 열리면서 느끼한 목소리가 들리자 카트리나는 흠칫 놀라며 자리에서 일어섰다. 그녀는 피가 묻은 오른손을 등 뒤로 감추더니 드레스에 비벼 닦았다.

"오늘도 여전히 아름다운 목소리더군. 매번 감탄한단 말이야. 하하하!"

옆으로 퍼진 몸매에 반짝이는 대머리의 중년 남성은 너털 웃음을 터뜨리더니 여송연을 입에 물었다. 그러자 뒤따라온 수행원 중 한 명이 부싯돌로 불을 붙였다.

"이제 결정을 내리지 그래?"

"……."

"지난번에도 말했지만, 슬슬 이런 생활은 접고 편하게 지내야지? 내 첩이 되어준다면 지금 버는 돈의 백 배, 아니, 천 배도 줄 수 있다고. 주정뱅이들 상대로 노래 부르기엔 당신의 목소리가 너무 아까워."

중년의 대머리 부호 코르테스는 여송연을 깊게 빨아들이더니 재를 툭툭 털었다. 또 다른 수행원이 재빠르게 자세를 낮추더니 재떨이를 꺼내 재를 받았다.

"돈이 필요하지 않아? 매번 어디론가 돈을 보낸다는 이야기는 익히 들어 알고 있다고. 나에게로 온다면 그 돈도 책임져 줄 테니."

코르테스는 느끼한 미소를 지으며 여송연을 왼손으로 바꿔 쥐고서 오른손을 앞으로 내밀었다. 하지만 카트리나는 매번 그래오던 것과 똑같이 단호하게 고개를 가로저었다.

"돌아가 주세요."

"역시 말로는 안 되겠군."

벌써 열 번째 퇴짜를 맞은 코르테스 입장에선 더 이상 물러서기엔 자존심에 크나큰 상처를 입었다.

그가 고개를 끄덕이자 뒤에 서 있던 수행원들이 우르르 방 안으로 들어오더니 카트리나를 완전히 둘러쌌다.

"미리 말해두지만 여기 주인장과는 이미 이야기가 끝났다고. 반항해 봤자 쓸모없어."

"그 이야기는 너희들에게 돌려주도록 하지."

"뭐?"

퍽!

경쾌한 타격음과 함께 수행원 세 명이 동시에 벽으로 날려 갔다.

어느새 방 안으로 들어온 카일이 특유의 사악한 미소를 지으며 주먹을 어루만지고 있었다.

"네, 네놈은 누구냐?"

카일은 대답 대신 자신에게 달려들 준비를 취하는 수행원 두 명의 멱살을 동시에 움켜쥐더니 휙 들어 올렸다.

"우선 이 애들 좀 처리하고 대답해 줄게. 너무 서두르지 말라고."

콩!

서로 얼굴을 정면으로 부딪친 수행원들의 코에서 피가 주르륵 흘러내렸다. 카일은 한 명씩 번갈아가며 문밖으로 던져 버렸고, 홀로 남아버린 코르테스는 제자리에 털썩 주저앉았다.

"아까 여기 주인장과 진솔한 이야기를 나누고 왔지. 벽걸이에 매달아놓고 5분 동안 화기애애하게 대화를 주고받았는데 울먹이면서 내 맘대로 하라던데?"

"나, 나는 코르테스다! 이 일대에서 날 거역하면 어떤 꼴을 당하게 될지……."

"역시 너도 벽걸이에 걸어놔야겠는데?"

카일은 코르테스의 뒷덜미를 붙잡고 휙 들어 올렸다. 그리고 거울 옆의 벽걸이에 걸어놓고 뺨을 손등으로 툭툭 쳤다.

"나와 함께 5분 동안 재미난 이야기나 할까?"

카일은 벽 구석에 처박힌 수행원들에게 다가가더니 옷을 뒤져서 다섯 개의 단검을 꺼내 손가락 사이에 하나씩 끼고 남은 하나를 오른손에 쥐었다.

휙!

바람을 가르는 소리와 함께 코르테스의 왼쪽 뺨을 스치듯 지나 벽에 단검이 박혔다. 워낙 강하게 던진 탓에 벽에 박히지 않은 검자루가 부르르 떨었다.

"이런, 좀 더 가깝게 맞춰야 했는데 실수했군."

"자, 잠깐! 말로 하라고!"

"그래, 지금 말하고 있잖아. 너에게."

또 한 번 바람을 가르는 소리가 들리더니 이번에는 코르테스의 오른쪽 뺨에 살짝 닿을 정도의 간격으로 단검이 박혔다.

코르테스의 머리에선 땀이 주르르 흘러내렸고 그의 바짓가랑이는 축축하게 젖어버렸다.

"흐음, 앞으로 4분 동안 더 이야기를 해야 하는데 어쩔까나. 만약 지금이라도 다시는 카트리나에게 얼씬도 안 하겠다고 약속한다면 그냥 돌려보내 주지."

"도, 돈이 필요하다면 얼마든지 주겠어! 그러니까 제발 날 살려줘!"

"그야 나중에 알아서 수금하러 갈 테니 걱정하지 마. 내가 원하는 건 다시는 카트리나와 내 앞에 나타나지 않겠다고 약속하는 거라고. 한 말 또 하게 만들지 마."

카일은 오른손을 쫙 펼치더니 벽으로 가져갔다. 그리고 힘을 주자 순식간에 손가락 끝이 벽을 파고들면서 다섯 개의 구멍을 만들어냈다.

"으, 으히익!"

결국 코르테스는 흰자위를 보이더니 그대로 기절하고 말았다.

카일은 벽에 기대어 끙끙대고 있는 수행원들을 발로 툭툭 건드리더니 코르테스를 가리켰다.

"어이, 네 주인 알아서 챙겨가라."

그러나 수행원들은 신음 소리를 내며 꿈틀거리기만 할 뿐 일어나지를 못했다.

"말로 할 때 빨리 해."

"넵!"

그러자 언제 아팠냐는 듯 일제히 일어선 수행원들이 코르테스를 데리고 허겁지겁 밖으로 나갔다.

6

한바탕 소동이 끝난 후 카일은 손을 내밀며 카트리나를 부축하려고 했지만, 그녀는 의심 어린 눈초리를 보이며 벽 쪽으로 물러섰다.

"당신은 누구죠?"

"나?"

카일에겐 채 일주일도 안 되는 시간에 불과하지만, 카트리나에겐 20년이나 되는 긴 시간이 흘렀다. 쉽사리 옛 동료의 얼굴을 떠올리지 못하는 그녀를 보며 카일은 뒤통수를 긁적거렸다.

"우선 난리를 피운 점 미안하게 생각해. 하지만 너에게 그런 짓을 하는 놈들을 그냥 보고 넘어가기엔 좀 그래서……."

"그걸 알면서 이런 짓을 했나요?"

"내 성격이 원래 그렇잖아. 그나저나 제럴드에게 예전보다 얌전해졌다는 말을 들었는데 그 말이 무색해졌군. 벌써 이곳에 와서 두 번이나 사고를 쳐버렸잖아. 역시 사람은 쉽게 바뀌지 않아. 안 그래, 카트리나?”

오랫동안 알고 지낸 사이에서나 오고 갈 대화를 일방적으로 쏟아내는 상대가 카트리나는 아주 남 같지가 않았다.

특히 제럴드를 아무렇지도 않게 언급하자 문득 과거의 기억이 떠올랐다.

“제럴드를 알고 있나요?”

“알다마다. 아니, 아직도 눈치 못 챘어?”

카일은 한쪽 무릎을 꿇으며 자세를 낮추더니 얼굴을 들이댔다.

“이 얼굴은 20년 전 그대로일 텐데, 설마 석화된 동안 바뀌었나?”

“석화?”

“지금 와서 하는 말이지만 그땐 솔직히 나도 많이 망설였어. 네가 마지막으로 만류할 땐 꽤 흔들리기도 했고. 지금에 와서 또다시 성검 레디언스와 단둘이서 20년 동안 석화되어 있으라고 하면 안 해.”

카트리나는 돌연 두 손으로 카일의 얼굴을 붙들더니 가까이 다가갔다. 서로 코와 코가 맞닿을 정도로 가까워진 상태에서 그녀의 눈동자 아래로 눈물이 주르륵 흘러내렸다.

"서, 설마……."

"제럴드와 반응이 좀 다르네. 그 녀석은 끝까지 무뚝뚝한 표정을 유지했거든. 페이서는 과연 어떤 반응을 보일지 기대되는데?"

날카로운 눈매와 얼굴 여기저기 자리 잡은 흉터.

그리고 입술 한쪽 끝을 올리며 짓는 특유의 미소.

모두가 갈등하는 와중에 아무렇지도 않게 성검 레디언스의 검자루를 움켜쥐고 봉인의 열쇠라는 운명을 택한 남자의 얼굴과 정확하게 겹쳤다.

"카, 카일!"

"그래, 나야."

카트리나는 카일의 가슴팍을 붙들고서 오열했다.

20년 후에 만날 거라는 기약 없는 약속이 진짜로 이뤄졌다는 기쁨과 함께 그가 사라진 이후 서서히 몰락해 버린 자신에 대한 슬픔이 서로 뒤섞여 두 줄기 눈물로 흘러내렸다.

"눈물 많은 건 여전하네."

카일은 카트리나의 머리를 쓰다듬으며 천천히 일으켜 세웠다.

제럴드와 달리 20년이나 흘렀음에도 옛날 외모 그대로인 카트리나와 함께 있다 보니 시간이 흘러가지 않고 정지된 듯한 느낌이 들었다.

하지만 그녀를 처음 봤을 때 느꼈던 이질감이 가까이 다가가자 확신으로 바뀌었다.

'역시 제럴드와 비슷해. 몸 안의 마나가 터무니없이 고갈된 상태야. 도대체 그동안 무슨 일이 있었던 거지? 아니면 역시 성검 레디언스와 관련된 문제일까?

카일은 여러 방향으로 머리를 굴려봤지만 마땅한 해답이 나오지 않았다. 결국 당사자인 카트리나에게 물어보는 수밖에 없었지만, 여전히 눈물을 멈추지 않고 자신에게 매달려 있는 그녀에게 아픈 상처를 후벼파는 건지도 모르는 이야기를 쉽사리 꺼낼 수가 없었다.

"카일, 나에게 할 말이 있나요?"

"그게, 흐음……."

카일은 뒤통수를 긁적이며 카트리나의 시선을 피했다.

카트리나는 오른손 검지로 눈물을 훔치더니 오래간만에 화사한 미소를 지었다.

"당신은 상대방에게 뭔가 곤란한 말을 꺼내야 할 땐 뒤통수를 긁적이며 딴전을 부리곤 했죠. 아주 예전 일인데 당신을 다시 만나게 되니 기억났어요."

"쓸데없는 것만 잘도 기억하는군."

카일은 카트리나로부터 떨어지더니 벽에 등을 기댔다.

"내가 석화되어 있던 20년 동안 무슨 일이 일어났는지 알고 싶어."

"……."

"20년이라는 긴 시간이 흘렀다는 걸 감안해도 너희가 이런 처지에 놓였다는 사실을 쉽게 받아들일 수 없어. 우리가 목숨을 걸고 세상을 구한 대가가 그렇게 싸구려였어? 아니잖아. 그렇다면 난 몰라도 너희는 그에 합당한 보상을 받아야 한다고 봐."

마탑의 말단 선생으로 상관에게 핍박받는 생활이나, 낡아 쓰러질 듯한 술집에서 노래 부르며 푼돈을 버는 인생은 결코 그가 바라던 전우들의 미래가 아니었다. 차라리 모두에게 잊힐지언정 무시 받는 처지에 놓여서는 안 되었다.

"이야기가 길어질지 모르는데 괜찮나요?"

"문제없어."

7

한 시간 넘게 이어진 이야기가 끝나자 카트리나는 의자에 앉은 채로 바로 옆 벽에 몸을 기댔다.

계속 그녀의 이야기를 듣고 있던 카일의 눈매가 매섭게 변했다. 누군가 조금이라도 그를 건드리기라도 한다면 당장에라도 폭발해 버릴 듯한 조마조마한 분위기가 방 안에 감돌았다.

"결국 일이 그렇게 되어버렸단 거군."

"네."

전쟁이 한창 진행되던 당시엔 카트리나의 활약 자체가 엘리힘 교단을 알리기에 최적격이었다. 순결의 상징인 백색 법의를 걸치고 빛의 용사 페이서와 함께 최전선에 나서던 모습은 병사들에게 용기를 주었고, 밤낮을 가리지 않고 신음하는 부상병들을 간호하는 모습은 성녀 그 자체였다.

그러나 전쟁이 끝난 이후 신에게 선택받은 자만이 발휘할 수 있다고 알려진 그녀의 신성력은 서서히 감퇴하였다. 전쟁이 한창 진행되던 당시 교단 내 카트리나를 지지하던 세력은 자연스레 사라졌고, 추기경을 넘어 엘레힘 교단 사상 최초의 여성 교황으로 유력시되던 그녀의 입지는 좁아져만 갔다.

"전 교단에서 어떤 지위에 있든 상관하지 않았어요. 그저 신의 가르침을 제 목소리로 노래할 수만 있다면 그걸로 충분했으니까요."

하지만 카일의 눈에 비친 카트리나의 모습은 예전과 미묘하게 달라 보였다. 20년 전에는 담담하게 모든 일을 대했다고 하면 지금은 뭔가 포기했다는 느낌이 강하게 들었다.

"쿨럭!"

카트리나는 고개를 숙여 기침을 하더니 황급히 입을 손으로 가렸다.

손가락 사이로 붉은 핏방울이 뚝뚝 떨어졌다.

"이것이… 바로 지금 제 모습이에요. 쿨럭쿨럭!"

성지(聖地)가 아닌 대륙 외딴 곳으로 전출되어 버린 카트리나는 아무도 찾아오지 않는 오지의 성당에서 10년이라는 시간을 보냈다. 거친 기후 속에서 그녀는 서서히 건강을 잃기 시작했고, 교단 측에선 그녀에 대해 모함하기 시작했다.

시간이 흐르면서 카트리나의 이미지는 거룩한 성녀가 아닌 색을 밝히며 욕망에 사로잡힌 타락한 여성으로 변하기 시작했다.

타인의 험담에 대해선 사실 여부 확인 없이 그대로 받아들이는 인간의 본성을 교단은 정확하게 노렸고, 인간들은 이미 지나간 전쟁에서 그녀가 펼친 선행보다 꾸며진 험담에 더욱 관심을 가졌다.

"카일, 당신도 그렇게 생각하나요? 제가 교단의 성금을 횡령하고 매일 밤 정욕을 이기지 못해 남성 신도들을 몰래 침대로 끌어들인 추잡한 여성이라고 믿나요?"

"아니. 절대 그렇지 않아."

"하지만 다른 사람들은 그렇지 않았어요. 결국 저… 이렇게 술집에서 노래하며 하루 벌어 하루 사는 인생이 되었어요. 뭐가 잘못된 걸까요?"

카일은 입을 다물더니 오른 주먹을 강하게 움켜쥐었다. 손가락 사이로 흘러나온 피가 바닥에 뚝뚝 떨어졌다.

지금 당장에라도 교단에 쳐들어가 카트리나를 모함한 이들 모두를 죽여 버리고 싶었다. 아니, 그걸로 끝내지 않고 단지 소문에 휩쓸려 그녀를 손가락질한 이 모두를 이 세상에서 지워 버리고 싶었다.

그러나 이내 관두었다. 그렇게 분을 풀었다간 거짓으로 더럽혀진 그녀의 오명을 해명하기는커녕 되레 사실로 굳어질 게 뻔하기 때문이다.

"당신이 다시 살아 돌아와서 기쁘지만 동시에 슬프답니다. 계속 석화된 상태였다면 너무나 변화되어 버린 세상 속에 절망할 이유도 없고 그저 죽은 영웅으로 모두의 기억 속에 남았을 테니……."

"나도 염치가 있다고. 순수하게 남들을 위해 싸운 사람은 너희 셋이지 난 아니야. 그렇기 때문에 넌 이렇게 살아서는 안 돼."

카일은 그녀 앞으로 다가가더니 오른손을 내밀었다.

"넌 이런 곳에 있어선 안 돼."

"고마워요, 카일. 하지만 전 늦었어요. 전 당신처럼 새로운 삶을 시작하기엔 무리예요. 어차피 살날도 얼마 남지 않은 것 같고……."

카트리나는 목에 걸고 있는 작은 나무 십자가를 손에 쥐고 호흡을 골랐다. 교단에서 추방당한 그녀가 가지고 온 몇 안 되는 물건 중 하나였다.

"세상을 구하는 데 보탬이 되었다는 걸 단 한 번도 후회하진 않았어요. 하지만 그 구원의 구심점에 있었다는 사실에는… 종종 후회하고 있답니다."

8

결국 카일은 카트리나를 놔두고 술집을 나왔다.

여기저기 켜진 불빛이 수많은 인간의 뒤엉킨 욕망을 비추고 있었다. 술에 취해 비틀거리는 사람들 사이를 가로질러 가며 카일은 이를 악물었다.

'마지막으로 페이서를 만난 건 5년 전이었어요. 만약 다른 곳으로 떠나지 않았다면 계속 그곳에 있을 거예요. 하지만…….'

카트리나는 말끝을 흐리면서 입을 다물었다.

그녀는 직접 보지 않으면 납득하지 못할 거라면서 페이서에 대한 이야기는 끝내 하지 않았다. 제럴드가 카트리나의 주소를 가르쳐 줄 때와 똑같이.

Chapter 03
광채를 잃어버린 빛

흑암의 귀환자

1

엘레힘 신성력 1325년 8월 20일

카일이 페이서를 찾아 남쪽으로 향한 지 어언 한 달이라는 시간이 지나갔다.

이전 제럴드와 카트리나를 찾아갈 때와 달리 그는 두 발로 걸어가고 있었다. 옛 전우들이 행복하게 살아가는 모습을 조금이라도 더 빨리 보고 싶다는 희망이 깨져서도 그렇겠지만, 가진 돈 모두를 카트리나에게 주고 왔기 때문이다. 물론 그녀의 병세를 고치기엔 그걸로 턱없이 부족했기 때문에 자칭 마르겐 거리의 지배자라고 말하던 대머리 코르테스의 저택에 처들어가 약간의 돈을 뜯어내 주고 왔지만.

물론 돈이 없다고 해서 별달리 문제가 되진 않았다. 마족과 몬스터가 사라진 숲과 대지엔 옛날과 달리 야생 식물과 동물이 많아 끼니를 때우기에 충분했고, 제대로 된 음식을 얻을 기회도 적지 않았다.

바로 지금처럼.

"이놈 봐라? 이렇게 후미진 곳을 겁도 없이 혼자 들어와?"

"한 놈 털어봤자 별로 나올 것도 없는데, 쩝. 어떻게 할까요, 두목?"

"이왕이면 늘씬하게 쭉 빠진 여자나 올 것이지."

카일의 앞을 가로막은 산적들은 아쉬움을 감추지 못하며 입맛을 다졌다.

"늘씬하게?"

카일은 순간 양손을 빠르게 뻗더니 산적 두 명의 멱살을 동시에 움켜쥐어 위로 휙 들어 올렸다.

"히, 히이익!"

"으헉?"

"그래, 오늘 늘씬하게 패주도록 하지."

퍽!

카일은 산적에게 빼앗은 돈주머니를 오른손으로 탁탁 쳐 올리며 오솔길을 걸어갔다. 같은 식으로 강탈한 육포를 입에 넣고 우물거리자 소금 맛이 강하게 밀려와 인상을 일그러뜨렸다.

하지만 고기를 먹을 수 있다는 것만으로도 그는 만족했다. 역겨운 냄새와는 별개로 과연 이걸 먹어야 하나 말아야 하나로 고민하던 몬스터의 살점보다는 훨씬 나았으니까.

한바탕 전투가 끝난 후 병사들의 사역 중 하나는 죽은 몬스터들을 끌고 와 해체하는 일이었다. 그나마 켈베로스 같은 동물형 몬스터는 특유의 맛과 향에 익숙해지면 그럭저럭 먹을 만했지만 고블린이나 오크 같은 인간형 몬스터는 마치 인육을 먹는 기분이라 대부분 포기하거나 먹는 도중 토하기 일쑤였다.

"그러고 보니 페이서 그 녀석을 그거 때문에 만났지, 아마."

카일이 용병단에 적을 두던 시절, 몬스터의 사체를 해체하느라 온몸에 흥건하게 피가 묻은 채로 고기를 굽던 중 기사 복장을 한 동년배의 소년이 옆에 앉은 적이 있었다.

그 소년은 제대로 굽지 못해 엉망진창인 몬스터 고기를 마구 먹어치웠다. 입 주변이 온통 검어졌음에도 개의치 않고 가볍게 손등으로 쓱 닦는 모습이 여타 기사들과 달라서 카일 자신도 모르게 웃음이 나왔다.

그 소년이 100여 년 전 세상을 구한 용사의 핏줄이자 모르드 왕국의 명문 라이트가(家) 출신인 페이서였다. 그는 초상이 거쳐 갔던 운명을 그대로 계승하여 빛의 힘을 손에 넣고 '빛의 용사' 로서 마족과의 불리했던 전쟁을 극적인 승리로 이끌었다.

"제럴드와 카트리나가 이 지경이니 그 녀석도 마찬가지겠지."

전쟁이 끝나기 전의 페이서는 그야말로 완벽한 용사 그 자체였다.

마족과의 전쟁에서 쑥대밭이 될 뻔한 그의 모국 모르드 왕국을 구했으며, 수많은 마족과 몬스터 사이에 둘러싸였음에도 그들을 모두 물리치고 끝까지 살아남았다. 모르드 왕국의 공주는 페이서에게 반해 전쟁이 종결되는 즉시 그와의 결혼을 약속했고, 포로로 잡힌 마족의 여지휘관마저 그에게 연정을 품고 전향하여 인간을 위해 싸우기까지 했다.

"제대로 된 삶을 살고 있다면 카트리나가 굳이 입을 다물 필요도 없고, 공주와의 결혼도 물 건너갔다고 봐야겠지."

카일은 어차피 페이서가 행복하게 살고 있으리라고 기대

하지 않았다. 대신 자신의 예상보다 덜 불행하게 살고 있기만을 바랄 뿐이다. 제럴드처럼 예전 자신보다 못한 이들에게 괄시받고 있거나 카트리나처럼 타인의 모함으로 갈 곳을 잃고 쇠약해지는 운명 이상만 아니면 족했다.

3

카일은 카트리나가 알려준 곳에 도착한 순간 어이없다는 표정으로 위를 올려다보았다.

"여기의 어디가 한적한 시골 마을이야?"

높은 성벽으로 둘러싸인 입구를 지나자 웬만한 대도시에 버금갈 만한 시가지가 눈에 들어왔다. 성 중심부로 이어지는 대로 옆에는 건물들이 빼곡히 들어차 있고 많은 사람이 아직 이른 아침임에도 가게를 열기 위해 준비를 서두르고 있었다.

"카트리나가 직접 이곳까지 와봤다고 했으니 거짓말은 아닐 테고, 진짜 5년 사이에 확 바뀐 거겠지?"

5년이라는 시간 동안 옛 모습을 찾아보기 힘들게 바뀐 도시를 보자 20년이라는 세월의 무게가 확 느껴졌다.

"그나저나 이거 거리 자체가 확 달라졌잖아. 어떻게 찾아가지?"

카트리나가 건네준 너덜너덜한 약도는 아무런 의미가 없

었다.

그렇다고 아무나 붙잡고 물어본다고 해결될 일은 더욱 아니었다. '페이서'라는 이름 하나만으로 사람을 찾기엔 예상보다 너무 넓은 도시이기도 하고 페이서 본인이 현재 어떤 상황이냐에 따라 카일의 입장이 바뀔 수도 있었다. 이미 앞선 두 사람의 처지를 목격한 터라 그보다 더 나쁜 처지라면 카일 본인마저 휘말려서 곤란해질 가능성이 농후했다.

절대 있어서는 안 되는 일이라고 카일 스스로 생각했지만, 혹 페이서가 중죄를 뒤집어쓰고 투옥되었을 가능성 때문이다. 카트리나가 마지막으로 페이서를 만났던 게 5년 전의 이야기이기도 하고, 왠지 그녀가 페이서의 현 상태에 대해 자세히 설명하지 않은 것도 맘에 걸렸다.

만약 짐작이 사실로 나타난다면 페이서의 행방을 찾는 카일을 혹시라도 공범으로 여길지 모르고 여러모로 일이 귀찮게 꼬일 수도 있다.

결국 직접 발로 뛰며 페이서의 행방을 찾을 수밖에 없었다. 그는 벤치에 앉아 시간이 흐르기를 기다렸다. 모든 가게가 준비를 마치고 손님을 받기 시작하자 사람이 하나둘씩 모여들었다.

＊　　＊　　＊

엘레힘 신성력 1325년 8월 24일.

　카일이 모르드 왕국의 엘리서스 성(城)에 머문 지 어느덧 사흘이 흘러갔다. 그는 자그마한 식당 야외 테이블에 앉아서 늦은 점심을 먹고 있었다.
　식사라고 해봐야 감자와 약간의 고기가 들어간 수프, 그리고 딱딱하게 굳은 빵이 전부였다. 하지만 카일은 그답지 않게 두 눈을 감고 맛을 음미하는 중이다.
　'흐음, 역시 맛있어. 옛날 지겹게 먹던 몬스터 고기에 비할 수 없이.'
　먹을 것이 터무니없이 부족했던 과거를 떠올리며 카일은 미소를 지었다. 그러자 카운터에 앉아 있던 여주인이 묘한 표정을 지으며 카일에게 다가왔다.
　"그렇게 맛있나?"
　"네."
　즉각적으로 나온 대답에 여주인이 웃으면서 카일의 맞은편에 털썩 앉았다.
　"유별난 재료를 쓴 것도 아닌데 맛있다니, 아직 어려 보이는데 고생 많이 했나 봐?"
　"어릴 적 부모님이 다 돌아가셔서 고생깨나 했지요."

"저런……. 더 먹으려우? 물론 돈은 더 안 받을 테니 걱정 말고."

"그러신다면야 기꺼이."

여주인은 잠시 자리를 비우더니 이내 빵 한 덩어리와 수프 한 접시를 더 가져왔다. 이미 시킨 음식을 다 해치운 카일은 빵을 반으로 찢어 수프에 담갔다.

"참 활기찬 도시로군요."

카일의 기억 속에 남아 있는 도시란 개념은 어두컴컴하고 축축한 뒷골목에 가까웠다. 장기화된 전쟁 속에서 사람들은 하루 한 끼라도 때우기 위해 서로를 경계하고 두려워했다. 지금 그의 시야에 들어온, 웃으면서 서로 손을 잡고 걸어가는 가족의 모습 따윈 떠올리기 힘들었다.

"제대로 된 음식을 팔 수 있다는 게 너무나 행복하다오. 총각은 어려서 모르겠지만 예전 전쟁이 한창 일어날 때엔 지옥이 따로 없었지. 지금이야 제법 그럴싸한 식당이지만, 전쟁 때엔 몬스터 고기를 팔면서 연명했던 기억이 나."

여주인은 뻐근해진 허리에 손을 대면서 과거를 떠올렸다.

"총각, 혹시 여기로 이사 온 거야?"

"그건 아닙니다. 찾을 사람이 있어서 둘러보고 있는데 사흘째 허탕만 치고 있지요."

"저런! 내 아는 사람들에게 물어볼까? 어떤 사람을 찾는데 그래?"

　여주인의 오지랖에 카일은 지난 3일 동안 지겹게 말했던 말을 머리에 떠올렸다. 그리고 큰 기대 하지 않고 입을 열었다.

　"예전 전쟁에 참여했던 사람을 찾고 있는데, 가능하겠습니까?"

　"전쟁이라……."

　"나이는 40대 전후입니다. 언제부터 여기에 살고 있는지는 모르지만 5년 전까지만 하더라도 확실히 여기 살았다고 들었습니다만."

　여주인은 탁자에 팔꿈치를 대고 손으로 턱을 받쳤다. 그리고 뭔가 생각에 잠기더니 고개를 가로저었다.

　"그 나이 대의 남자 중 토박이는 전쟁 때 다 죽었고 새로 유입된 사람도 거의 마찬가지일 거유. 전쟁에 끌려간 사람은 대부분 살아남지 못했으니. 내 남편과 아들도 마찬가지고."

　"아, 죄송합니다."

　"죄송할 것까지야 있나? 어차피 내 나이의 여편네라면 남편이나 자식 한두 명쯤 가슴에 안 묻은 사람 없다오."

　여주인의 말을 듣고 거리를 살펴보니 확실히 30~40대의 남자는 보기 드물었다. 대신 여인이 혼자 아이 서너 명을 이끌고 가는 모습은 쉽게 찾아볼 수 있었다.

"그래서 술만 마시면 자기가 전쟁에서 한창 날렸다고 주정 부리는 남자들이 가장 추해. 딱 보면 진짜 전쟁에 참여했는지 아닌지 알 수 있는데 말이야."

어느 사이 이야기의 흐름은 여주인의 한탄으로 바뀌었다.

카일은 적절한 타이밍을 잡아 자리에서 일어나려고 했지만, 한번 터진 여주인의 수다는 좀처럼 끝날 기미를 보이지 않았다. 카일은 벌써 다 식어버린 수프에 스푼을 넣고 휘휘 저으며 이 지겨운 이야기가 빨리 끝나기만을 기다렸다.

"특히 그 남자는 진짜 꼴불견이야. 맨날 술에 절어 지내면서 무슨 왕년에 용사였느니 뭐니 씨부렁대기만 하고……."

"네?"

"하루가 멀다 하고 매번 술에 찌들어 있으니 좋은 소리는 절대 못 듣는다오. 그나마 혼자서 주절대는 주사라 다른 사람들이 안 건드리고 넘어가는 거지."

순간 스푼을 젓던 카일의 손이 멈췄다.

"그 사람 어디에 있습니까?"

"응? 총각이 찾는 사람은 진짜 전쟁에 참여했던 사람이잖아?"

"혹시 모르죠."

카일은 자리에서 벌떡 일어나더니 은화 하나를 꺼내 테이블 위에 올려놓았다.

　"아닐 텐데⋯⋯. 뭐, 총각 말대로 그럴지도 모르겠구먼. 여기에서 왼쪽 골목으로 쭈욱 걸어가다 보면 작은 술집이 하나 나올 거유. 낮부터 술에 취해 있으니 찾기는 쉬울 거요."

　"감사합니다!"

　"어이, 총각! 거스름돈은?"

　여주인은 음식 값보다 거스름돈이 몇 배는 더 많은 은화를 들고 목소리를 높였지만 카일은 이미 그녀의 시야에서 사라진 지 오래였다.

4

　사람이 가득 들어선 대로변의 활기찬 공기와 달리 거리의 구석진 골목 안은 다소 어두컴컴한 분위기였다.

　물론 카일이 어릴 적 머물던 빈민가의 뒷골목에 비하면 평화 그 자체였지만. 먼지투성이의 어린이들이 웃으면서 길 한복판을 달려가고, 어머니들은 2층 베란다에서 빨래를 널며 아이들이 노는 모습을 웃으며 지켜보고 있었다.

　카일은 식당의 여주인이 가르쳐 준 장소로부터 10미터 떨어진 곳에 멈춰 서서 허리를 숙이며 거친 숨을 내쉬었다. 생각 없이 무작정 뛰어오느라 빠르게 박동하고 있는 심장을 진정시키기 위해 호흡을 반복했다.

손등으로 이마에 흐르는 땀을 닦아낸 그는 허리를 펴며 위를 바라봤다. 그의 시선은 허름한 술집 간판에서 그 아래 야외 테이블에 있는 한 남자를 향해 천천히 내려갔다.

"내가 왕년에 말이야, 끄윽! 얼마나 날렸는데?"

아직 한낮임에도 사내의 얼굴은 새빨갛게 취기가 올라 있었다. 그는 낡은 의자에 등을 기대고선 거리를 향해 고래고래 소리를 질러댔다.

"저 주정뱅이, 또 시작이네."

"에휴, 빨리 다른 곳으로 이사를 가든지 해야지 말이야."

길을 가던 여성들은 각자 한마디씩 툭툭 내던지면서 사내가 죽치고 있는 술집에서 최대한 멀리 돌아서 지나갔다.

"한땐 공주와 결혼까지 야, 약속했던… 끄윽! 몸이라고! 성검 레디언스와 함께라면 난 무적이었다고!"

덥수룩하게 기른 수염과 불룩 나온 배.

헝클어진 머리와 때가 덕지덕지 묻은 옷엔 술 냄새가 잔뜩 배어 있었다.

"제길, 그때 내가 왜 망설였을까……. 그때 카일 대신 내가 성검으로 제이블란트를 봉인했다면… 했다면! 끄윽!"

계속 술주정을 부리던 사내의 머리 위로 그림자가 드리워졌다.

카일은 사내의 양어깨를 강하게 움켜쥐더니 거칠게 흔들

었다.

"너, 너!"

"뭐야? 끄윽! 나에게 시, 시비 거는 거야?"

취기가 잔뜩 오른 그는 인상을 찌푸리며 카일을 노려보았다.

반면 카일은 뭐라 형용할 수 없는 표정을 지으며 20년 전과는 판이하게 달라진 옛 동료를 내려다보았다.

꾸준한 훈련으로 단련되었던 몸은 어느새 뚱뚱하게 변해 버렸다. 항상 앞을 바라보며 희망에 차 있던 눈빛엔 절망과 포기만이 남아 있고, 술 한잔 제대로 하지 못했던 입에선 술 냄새가 풀풀 풍겨 나왔다. 외향상 20년 전과 동일한 부분은 금색의 머리카락 빼곤 아무것도 없었다.

그러나 그의 입에서 흘러나오는 이야기는 제이블란트를 봉인할 때 있었던 네 명만이 알고 있는 내용이었다. 그리고 결정적으로 왼쪽 팔꿈치 아래에서 손목까지 길게 이어져 있는 흉터는 카일이 알고 있는 그가 분명했다.

"페이서! 나야! 나라고! 카일!"

"카일? 끄윽! 난 그딴 이름 몰라."

"20년 전! 20년 전의 일 기억 안 나? 방금 전 네 입으로 말했잖아!"

"20년… 전?"

"고아원을 부탁했던 일 기억 안 나? 안 나느냐고!"

카일의 말에 흐리멍덩하던 사내의 눈빛이 순간 날카롭게 변했다.

"설마 그, 그때 나와 제럴드, 그리고 카트리나 대신 봉인되었던……."

"그래, 나야."

"정말 너… 카일인 거야?"

"그래! 그런데 넌 왜 이렇게……."

제럴드와 카트리나는 20년이란 시간 속에서도 겉모습만큼은 크게 달라지지 않았다. 하지만 페이서는 완전히 예전과 달라진, 절망과 고통에 시달렸음을 극명히 나타내는 모습으로 변해 버렸다.

"왜 이런 모습이 되어버린 거야?"

"카일……."

페이서가 쥐고 있던 술잔이 아래로 툭 떨어지며 흘러내린 술이 땅바닥을 축축하게 적셨다.

5

카일은 페이서를 따라 좁은 다락방 안으로 들어왔다.

문을 닫고 창문을 열자 방바닥에 쌓여 있던 먼지가 확 피어올랐다. 페이서는 비틀거리는 걸음으로 허름한 침대 위에 턱 하니 앉더니 침대 밑에 놔두었던 술병을 꺼냈다.

"끄윽, 너도 한잔하지 그래?"

카일은 말없이 고개를 저었다.

그는 침대 맞은편 탁자로 다가가 의자에 앉아서 천장을 바라봤다. 천장 여기저기에 먼지가 달라붙어 있고 거미줄이 덕지덕지 쳐져 있었다. 탁자 위를 손가락으로 쓱 훑자 먼지가 잔뜩 묻어 나왔다. 도저히 제정신을 가진 인간이 살 곳으론 보이지 않았다.

"그런데 넌 하나도 안 변했다? 20년 만 아닌가?"

"석화된 동안 나 혼자만 시간이 흐르지 않은 것 같아."

"그러냐?"

페이서는 부들부들 떨는 손으로 술병을 움켜쥔 뒤 그대로 벌컥벌컥 들이켰다.

"끄윽, 이걸 하루라도 마시지 않으면 버틸 수 없다니까."

입에서 흘러내린 술로 수염이 축축하게 젖었다.

카일은 이렇게 변해 버린 옛 전우를 앞에 두고 가슴이 막막해지는 느낌을 받았다. 뭔가 말을 꺼내려고 해도 머릿속에만 머물 뿐 쉽사리 입을 열 수 없었다. 완전히 변해 버린 페이서와 지금 같이 있다는 상황 자체를 받아들이기 힘들었다.

"네 녀석 표정을 보아하니 내가 왜 이 모양 요 꼴이 되었는지 물어보고 싶은 거지?"

예전보다 훨씬 거칠어진 말투 역시 카일은 적응하기 힘들었다.

제럴드와 카트리나는 그렇다 치더라도 페이서만큼은 절대 몰락하지 않으리라 믿었기 때문이다. 물론 앞서 두 사람을 만나고 온 뒤라 그 기대는 거의 사라진 지 오래였지만, 그래도 그 둘보단 더 나은 삶을 살고 있으리라 생각했다.

"나 말이야, 전쟁이 끝난 뒤엔 그래도 그럭저럭 잘나갔다?"

어느새 술 한 병을 통째로 비운 페이서는 다시 침대 밑으로 손을 뻗었다.

"제럴드와 카트리나와 헤어진 뒤 나는 모국으로 돌아갔어. 왕궁으로 들어오던 그날, 나에게 쏟아지던 환호성과 갈채가 아직도 귓가에 아른거리는 거 같아. 킥킥킥."

페이서의 입에서 웃음이 흘러나왔다. 하지만 얼굴은 잔뜩 일그러져 있어 이 이야기 뒤에 이어질 운명의 흐름이 어떠한지 대신 보여주고 있었다.

"일주일 동안 성안에선 화려한 파티가 연일 이어졌지. 그리고 그 빌어먹을 놈의 왕은… 끄윽, 그 망할 공주의 남편으로 나를 받아들이겠다고 선포했지."

예전 같았으면 카일의 입에서 튀어나와야 할 수식어가 막상 그러한 카일을 말리던 페이서의 입에서 거리낌 없이 흘러나왔다.

"한 달 뒤에 있을 결혼식 전까지 나는 날 찾아온 수많은 귀족과 함께 시간을 보냈어. 그런데 그들과 어울리면서 몇 번간 사냥에서 뭔가 이상한 점을 느꼈지."

페이서는 오른손이 아닌 왼손에 술병을 쥐고 있었다.

원래 쓰던 그의 오른손에는 미세한 경련이 멈추지 않고 계속 이어졌다.

"빛의 힘을 더 이상 발휘할 수 없게 되었어."

"너도?"

"아니, 정확히는 예전에 비해 터무니없이 약화되었지. 지금 와선 대충 짐작이 되지만, 방금 전 '너도?' 하는 걸 보니 이렇게 된 원인 하나는 확실한 것 같군. 낄낄낄."

페이서의 웃음에 자포자기한 기색이 역력했다.

"그래도 세상이 평화로워졌으니 힘 좀 잃는다 한들 무슨 문제가 있겠느냐 하는 마음으로 결혼식 날짜를 기다렸지. 그런데 문제는 그 후부터였어."

페이서는 정수리에 손을 올리더니 머리카락을 마구 휘저었다.

"솔직히 내가 전쟁에서 싸울 줄만 알았지 정치라는 걸 알았겠어? 예전에 네가 나한테 한 번 호되게 지적한 적 있잖아.

그렇게 세상 무서운 줄 모르고 앞만 보고 달리다간 누군가 뒤에서 뻗은 손에 발목 잡힌다고. 맞지?”

“그런 말을 한 기억이… 흐음, 있었던 것 같기도 하군.”

“당시 나에게 다가와서 어울리던 귀족들의 파벌에 나도 모르는 사이 영입되었다고 보인 거야. 남들에게.”

페이서는 술병을 움켜쥐고 있는 손에 힘을 주었다.

옛날 같으면 힘없이 깨져 산산조각 났을 술병은 금조차 가지 않았다.

“그리고 결혼식이 있기 하루 전, 내 방에 갑자기 병사들이 들이닥치더니 날 체포했어. 죄명은 반역죄라고 하더군. 웃기잖아? 어차피 공주는 무남독녀였고, 그런 공주와 결혼하는 내가 다음 왕이 될 건 뻔하잖아? 그런 내가 반역을 일으켜?”

그는 탁자에 엎드리더니 킥킥거리며 웃었다. 과거의 어리석었던 자기 자신에 대해 보내는 조소였다.

“그런데 그때의 나는 왜 그리 어수룩했는지… 왕위에 대한 욕심 따위 하나도 없다며 억울함을 토로했어. 실제 그 당시 권력에 대한 욕구가 없기도 했고, 공주와 결혼하고 싶은 이유는 그저 그녀에게 반했기 때문이거든. 그런데 그렇게 변명하면 되레 남들에게 의심만 살 뿐이잖아? 진짜 어리석은 대응이었어.”

카일이 알고 있는 페이서는 말 그대로 용사 그 자체였다.

　마족과 몬스터의 침공에 맞서 싸웠고, 승리로 얻은 공을 모두 주변 사람들에게 돌렸다. 그만큼 순수한 영혼을 지녔고, 많은 이가 그러한 면에 이끌려 따라왔다.

　그러나 그런 부분이 언젠가 페이서의 발목을 붙잡을 거라 카일은 내내 걱정했고, 결국 그건 현실이 되었다.

　"한 줄기 빛도 비추지 않는 지하 감옥에서 난 한 달간 심문과 고문을 당했지. 그 기간 동안 나는 진정한 지옥이라는 게 뭔지 깨달았어. 자결조차 허락되지 않은 하루하루가 지나면 지날수록 나의 모든 것이 무너져 내리는 느낌이었지."

　확 달라진 인상에 가려져 있던 크고 작은 흉터들이 카일의 눈에 들어왔다. 깔끔한 인상은 온데간데없고 대신 뺨과 이마에 크게 자리 잡은 흉측한 자국들이 카일의 마음을 서글프게 만들었다.

6

　해가 저물고 달이 뜨자 좁은 다락방 안에 고요함이 감돌았다.

　술 열 병을 혼자서 다 마셔 버린 페이서는 침대에 드러누워 깊이 잠들었다.

　페이서의 한탄을 홀로 들은 카일은 창가로 다가가 달을 쳐다보았다. 반역죄를 뒤집어쓴 이후의 이야기는 페이서가 술기운을 이기지 못한 탓에 횡설수설 이어져서 이해하기 힘들었지만 대충 내용만은 파악할 수 있었다.

'10년이라는 시간이나 감옥에서……'

카일은 그보다 배나 되는 시간 동안 석화되어 있었지만, 체감상 느껴진 시간의 흐름은 1초도 되지 않았다. 그러나 페이서는 그야말로 10년 동안이나 어두컴컴한 감옥에서 홀로 버텼다는 이야기다.

일반적인 인간에게 비난보다 더 무서운 것은 철저한 무관심 속에 방치되는 일이다. 자신의 억울함을 아무리 호소해도 메아리 없는 벽에 대고 이야기할 수밖에 없는 상황이라면 제정신을 유지할 수 없다.

게다가 그 10년이라는 기간은 다른 의미에서 페이서에게 더욱 참혹했다. 페이서 본인은 깨달았는지 아닌지 모르지만, 카일은 그와의 대화에서 왜 모르드 왕국이 10년 동안 그를 반역죄라는 누명을 뒤집어씌웠음에도 죽이지 않고 가둬놨는지 파악했기 때문이다.

'혹시라도 다시 나타날지 모르는 마족에 대응하기 위해 페이서를 10년 동안이나 가두어두고 써먹으려는 심산이었군. 하지만 그 녀석에겐 불행하게도 마족의 침공은 없었고.'

결국 모르드 왕국은 끝까지 페이서를 이용할 작정이었다

는 결론이 나왔다.

하지만 풀리지 않는 의문점 하나가 생겼다.

공식적으로 페이서의 반역 참여가 부정되지 않은 상태에서 굳이 그를 출소시킬 이유가 있었냐는 점이다. 물론 권력의 힘으로 억눌렀겠지만 페이서가 다른 이들에게 적극적으로 억울함을 호소할 경우 혼란의 여지가 있는데 왜 굳이 살려두었을까 하는 점은 지금 카일이 들은 내용으로는 판단하기 힘들었다.

그 외 여러 가지 납득되지 않는 부분이 있었지만 설사 알게 되더라도 지금의 페이서와 카일로선 해결할 수 없는 일이다. 이미 20년이 지났다. 한 개인의 힘으로 되돌리기엔 너무나 멀리 와버린 것이다.

우드득.

카일이 움켜쥐고 있는 창문턱에서 뭔가 부서지는 소리가 나면서 금이 쫙쫙 갔다.

"이게 세상을 구해준 대가냐?"

암흑의 화신 제이블란트를 쓰러뜨린 자 중 봉인의 열쇠가 된 카일 자신을 제외한 나머지 세 사람의 운명은 정도의 차이만 있을 뿐 모두 아래로 떨어졌다.

"빛의 힘을 녀석에게 줬으면 끝까지 책임져야 할 거 아니야. 정식으로 교단 소속은 아니었지만 녀석은 신의 이름을 드

높였잖아. 녀석이 마족들을 쓰러뜨릴 때마다 얼마나 많은 이가 엘레힘이란 이름을 외치며 부르짖었는데. 안 그래?"

카일은 결코 혼잣말을 하는 게 아니었다.

하늘 높은 곳, 아니면 다른 어디엔가 있다고 여겨지는 신에게 내뱉은 불평이었다.

"그 망할 놈의 신이란 존재는 이딴 식으로 보상해 주는군. 너무 맘에 안 들어."

무엇보다 진짜 신이라면 자기가 알아서 모든 문제를 해결했어야지, 인간들에게 위기를 끝낼 수 있는 열쇠 하나만 달랑 던져주고 그 전과 후의 고통은 알아서 견뎌내라는 태도가 남이 괴로워하는 모습을 보고 즐기는 변태로밖에 보이지 않았다.

마음 같아서는 봉인이 있는 지하 던전으로 다시 돌아가 어떤 식으로든 성검 레디언스를 다시 뽑아내 모든 걸 원래대로 되돌리고 싶다. 오히려 생과 사가 오고 가는 전쟁 속에서 카일의 세 동료는 많은 이의 존경과 부러움을 독차지했으니까.

그러나 이내 생각을 고쳐먹고 깊게 한숨을 내쉬었다.

카일 혼자서 제이블란트의 소멸과 봉인을 완성시켰다면 모를까, 나머지 세 명의 노력마저 없는 것으로 되돌릴 수는 없었다. 그나마 그들이 낙오된 상황에서도 버티고 살아가는 이유는 분명 세상을 구했다는 사실 하나만은 붙들고 있기 때문이다.

“이젠 나도 모르겠다.”

마지막 동료까지 만난 지금 카일의 가슴속엔 그를 끌어줄 구심점은커녕 앞으로 뭘 해야 할지에 대한 목표 의식마저 사라졌다.

그나마 카일 자신은 대부분의 사람에게 죽은 걸로 인식되어 잊혀갈지언정 ‘변색되지 않은’ 영웅으로 남아 있긴 하지만, 그의 성격상 위안거리도 되지 못했다.

“이 빌어먹을 놈의 세상…….”

Chapter 04
무너진 평화 속의 미소

1

엘레힘 신성력 1325년 8월 27일.

　오늘도 페이서는 허름한 술집 야외 테이블에 죽치고 앉아 싸구려 맥주를 들이켜고 있었다.

　그의 맞은편에 앉은 카일은 무덤덤한 표정으로 거리를 둘러보고 있었다. 페이서는 계속해서 술을 권하고, 카일은 매번 고개를 저으며 거절하는 일이 어느덧 일상이 되어버렸다.

　"이전부터 물어보고 싶은 게 있었는데, 너 술 마실 돈은 어디서 구하냐?"

　"감옥에서 나올 때 나름 두둑하게 돈을 쥐어주더군. 처음 돈주머니를 받았을 땐 팽개치려고 했지만 그러지 않기를 잘 했어. 예상은 했지만 10년 만에 찾아간 본가가 완전히 쑥대밭이 되어 있었거든. 허물어져서 반만 남은 벽엔 온갖 욕설이 쓰여 있고… 끄윽!"

　"그렇다고 이렇게 술값으로 모조리 써버리는 건 아니지 않냐?"

　"어떻게든 돈을 불려보려고 궁리를 안 해본 건 아니야. 문제는 내가 장사 같은 걸 해본 적이 있어야 말이지. 결국 거하게 사기 몇 번 당하고 다니 이렇게 오줌 맛 나는 싸구려 맥주만 퍼마실 돈만 남더군. 낄낄낄."

　"진짜 오줌을 마신 것처럼 이야기하네."

　"고문당할 때 지겹도록 마셨지."

　"……"

　카일은 현재의 페이서를 어떻게든 바꿔보려고 여러 각도로 말을 건넸지만, 돌아오는 건 그가 얼마나 처절한 고통을 겪었느냐에 대한 한탄뿐이었다. 손톱과 발톱을 일부러 한꺼번에 다 뽑지 않고 일정한 간격을 두어 하나씩 뽑아 나중에는 맨 처음 뽑았던 부위에서 새 손톱이 나와 딜레이 없이 뽑는 고문을 당했다는 이야기까지 나왔을 땐 카일로서도 질릴 수밖에 없었다.

"저거 뭐지?"

문득 카일의 눈에 순찰을 돌던 병사들의 행동에 들어왔다.

3인 1조로 된 그들 중 선임으로 보이는 한 명이 나머지 두 명을 세워두고 설교를 하고 있었다.

"투구에 묻은 얼룩, 이건 뭐지?"

그는 투구를 쓴 후임의 머리를 소리 나게 툭툭 건드리면서 매섭게 노려보았다. 그리고 허리를 숙이더니 각반에 묻은 흙을 가리키며 손가락질했다.

"내가 장비 정돈 제대로 하라고 몇 번이나 이야기했지? 그런데 이게 뭐야? 내 말이 말 같지 않아?"

일부러 주변에 들리도록 목소리는 높였지만 막상 규칙에는 걸리지 않을 정도로 후임들을 괴롭히는 경비병의 모습에 시민들은 겁을 먹고 몸을 움츠렸다.

"병신들……."

카일의 입에서 피식 하는 소리와 함께 욕설이 흘러나오자 이번에는 경비병들의 눈매가 날카롭게 변했다.

하지만 얼마 전까지만 하더라도 마족들의 피를 뚫고 시체를 밟아가며 전장을 헤집었던 카일의 눈에는 병정놀이를 하는 풋내기로밖에 보이지 않았다.

"세상이 평화로우니 저렇게 말도 안 되는 이유로 쓸데없이 군기 잡는 일만 생기는 거야. 예전 전쟁 때 같아봐. 투구에 묻

은 먼지 닦을 시간은커녕 매일 피에 푹 절어버리는 창 닦을
여유조차 없을 거다. 안 그래, 페이서?"

"끄윽, 우리가 한창 날리던 때도 저런 놈들이 있긴 했잖
아?"

"그랬지. 그리고 전투가 벌어지면 제일 먼저 도망치고, 결
국 가장 빨리 죽었지."

"어차피 그런 놈들은 수백, 수천이 있어도 하나도 도움이
안 되었어. 괜히 일찍 죽어서 아군 사기나 팍팍 떨어뜨리고
말이야. 휴우."

페이서는 잔을 비우고 테이블 위에 내려놓았다.

처음으로 그가 체념이 아닌 진짜로 즐거워하는 표정으로
미소를 지었다. 막상 병사들은 대놓고 자신들을 비난하는 두
사람에 대해 이러지도 저러지도 못하고 인상만 찌푸릴 뿐이
다.

"정신 똑바로 차려!"

퍽!

결국 화풀이는 후임들에게 돌아갔다. 머리를 한 대씩 얻어
맞은 후임들은 급하게 자리를 뜬 선임의 뒤를 따라 골목 안쪽
으로 모습을 감췄다.

"꼴에 경비병이라고 시민들에겐 손 안 대겠다 이거로군."

물론 카일은 자신이나 페이서에게 손을 댄다면 위에 보고

도 못할 정도의 악몽을 보여주겠다고 주먹을 쥐고 있는 터라
저런 식으로 사라져 버린 병사들이 우습기만 했다.

"으, 으윽……."

"너무 마신 거 아니야? 오늘은 이 정도로 해두는 게 어때?"

"끄윽, 아냐. 이건 취해서가 아니야. 크윽!"

페이서는 갑자기 허리를 굽히더니 땅바닥을 향해 구역질
을 시작했다.

"우, 우웩!"

"페이서! 괜찮아?"

뱃속에 있던 걸 마구 쏟아낸 페이서의 안색이 완전히 새하
얗게 변해 버렸다. 두 팔과 다리를 부들부들 떨며 이빨을 부
딪치자 딱딱딱 하는 소리가 흘러나왔다.

"제, 젠장! 저, 저런 걸 괜히 봐, 봐서……."

"의사를 부를까?"

"아, 아, 아니야. 아니라고!"

페이서는 몸을 일으키더니 의자에 앉은 채로 팔걸이 부분
을 강하게 붙들었다. 억지로라도 떨림을 멈추려 하는 페이서
의 행동이 카일에겐 너무나 안쓰럽게 보였다.

"그래서 내가 술 작작 마시라고 했지! 도대체 이게 뭐야?"

"아니야! 이, 이건 반대로 더 마셔야 한다고……."

부들부들 떨면서 맥주잔을 움켜쥔 페이서의 손목이 흘러내린 맥주로 흥건하게 젖었다. 힘겹게 잔을 비운 페이서는 다시 한 잔을 따라 거의 반쯤 흘리면서 벌컥벌컥 들이켰다.

"휴우, 이제야 좀 살 것 같다. 끄윽."

신기하게 페이서의 말대로 술을 더 마시자 경련이 멈췄다.

"이젠 더 안 토해?"

"그래. 그런데 내가 한 짓이지만 냄새가… 이러다가 또 토하겠어. 우윽!"

페이서의 말이 떨어지기 무섭게 카일은 도로를 포장한 돌덩어리 하나를 맨손으로 단번에 쑥 뽑아내더니 흙을 퍼서 토사물을 덮었다.

"너 힘 하나는 여전히 괴물 같구나."

"막상 이걸로 때려잡은 건 산적 몇 무리하고 취객 하나, 대머리와 그 수하들 정도야. 진짜 세상이 평화롭게 변하긴 했어."

"그러게. 끄윽!"

페이서는 수염에 묻은 맥주 거품을 맨손으로 닦아내더니 안주로 나온 땅콩을 한 움큼 쥐어 껍질도 까지 않고 입안으로 집어넣었다.

“꼴사납지?”

“보기 좋다고는 말 못하겠어.”

카일은 팔짱을 끼더니 굳은 표정으로 페이서를 바라보았다.

“그때 이후로 누군가 맞는 모습만 봐도 이렇게 변해 버려.”

“고문 때문에?”

극심한 고문을 겪은 뒤 자신이 아닌 타인이 얻어맞는 장면만 봐도 이상 증세를 보이는 경우를 카일은 흔히 봐왔다. 굳이 고문이 아니더라도 첫 전투를 겪은 신병들에게도 종종 보이는 현상이다.

“아니. 막상 고문을 당할 때엔 그렇지 않았어. 감옥에서 나온 뒤에도 큰 문제는 없었지. 비록 나락으로 떨어진 인생이고 모두에게 외면받고 있다는 생각에 우울해졌지만 어차피 홀로 마음만 잡으면 문제없다고 생각했어. 그렇게 늦게나마 새 삶을 시작하려고 했는데…….”

“했는데?”

페이서는 곧장 대답하지 않고 고개를 들더니 하늘을 쳐다보았다. 카일 역시 시선을 위로 향했지만 보이는 건 맑은 하늘 위를 천천히 지나가는 구름뿐이다.

“어느 날 길거리 한복판에서 여러 명의 남자가 마족 노예 한 명을 둘러싸고 집단 구타를 시작했어. 피가 튀고 살점이 뜯겨 나가는 끔찍한 광경이었지. 하지만 그 누구도 그들을 막지 않았어. 되레 낄낄거리며 비웃거나 당연한 일이라며 스쳐 지나갔지."

엘리서스 성 안에선 잘 보이지 않았지만, 카일은 이곳까지 오면서 적지 않은 수의 마족 노예를 볼 수 있었다. 인간에게 패하고, 인간이 아니기에 인간 이하의 취급을 받는 그들을 아무 감정 없는 눈으로 스쳐 지나간 적이 서너 번 있었다.

"결국 그 노예는 피투성이가 된 채로 죽어갔어. 그리고 죽기 바로 직전, 멍하니 지켜보고 있던 나와 눈이 마주쳤지. 그 순간 나는 애써 잊어버렸던 두려움이 되살아났어. 고문으로 모든 손톱 발톱이 뜯겨 나가고 멀쩡한 이빨이 뽑히는 기억 따위 다시 떠올리기 싫었는데……."

페이서는 자조적인 미소를 지으며 손가락으로 살짝 벌린 입술 사이를 가리켰다. 위와 아래 앞니 네 개가 흔적도 없이 사라져 있고, 손가락으로 입술을 위로 올리자 어금니도 서너 개밖에 없다.

"몸이 이 모양이다 보니 고기 같은 건 줘도 먹기 힘들어. 낄낄낄."

"젠장……."

카일은 왼손으로 눈을 가리고선 고개를 옆으로 돌렸다. 정신은 물론이고 육체마저 망가져 버린 친구 앞에서 할 수 있는 말이란 그를 이 지경으로 만들어 버린 자들과 운명에 대한 욕설밖에 없었다.

"너, 예전에 종종 그랬지? 이딴 세상 구해 뭐 하느냐고."

"종종 그런 식으로 투덜댄 적이 있지."

"네 말이 맞았어. 이딴 세상, 그때 망해야 했어."

3

카일은 멍하니 하늘을 바라보고 있었다.

페이서는 계속 맥주를 물마시듯 들이켰고, 두 사람은 이제 더 이상 나눌 말이 없었다.

"이만 난 가봐야겠다."

"끄윽, 그래?"

"마지막으로 고아원이나 들를까 해."

"그 뒤엔?"

"나도 모르겠어."

그와 함께한 세 명의 동료에게 뭔가 해주고 싶은 마음은 있었지만, 지금의 카일로선 우선 스스로도 뭘 해야 할지 엄두가 나지 않았다. 결국 카일은 망설이다가 돈주머니를 꺼내 탁자 위에 내려놓았다.

"페이서, 이거 받아."

돈주머니 안에는 엘리서스 성을 향해 오는 동안 만난 산적
들에게 역으로 빼앗은 금화가 제법 두둑이 들어 있었다.

"이 돈이면 이빨을 사서 새로 박을 정도는 될 거야."

"지금의 내가 이걸 받으면 뭐에 써버릴지 모르겠어?"

"너에게 술 마시지 말라는 이야기는 안 할 테니 술 말고 다
른 걸 먹을 수 있는 몸이라도 되라고. 부탁한다."

몸과 마음이 모두 망가져 버린 페이서에게 건실히 살라는
이야기는 하나 마나였다. 물론 이 금화가 어디로 쓰일지는 뻔
히 보이지만 아무것도 하지 않고 그냥 떠나가기엔 마음에 걸
렸다.

"제길, 이렇게 된 이상, 몬스터들이나 다시 나타나서 세상
을 완전히 쑥대밭으로 만들어 버렸으면 좋겠다."

"그래도 그건 좀……. 아니, 넌 그런 말 할 자격이 있지."

카일은 쓴웃음을 지으며 자리에서 일어섰다.

막상 떠나려니 발이 떨어지지 않았다. 그러나 계속 맥주만
들이켜는 페이서를 보고 있는 것만으로도 가슴이 아파와 등
을 돌렸다.

바로 그때 카일의 시야에 다급히 뛰어가는 경비병들의 모
습이 들어왔다.

"뭔가 부산하게 움직이는군. 무슨 일 있나?"

경비병뿐만이 아니었다. 길거리를 가로지르며 뛰어놀던

아이의 손을 어머니가 강하게 움켜쥐더니 허겁지겁 집으로 들어가 문을 닫는가 하면, 노점 상인들이 가판대를 급히 정리하며 골목 안쪽으로 줄지어 도망쳤다.

"흐음, 이 느낌은……?"

카일은 엘리서스 성 정문이 있는 남쪽을 향해 몸을 돌렸다.

얼마 전까지만 하더라도 지겹게 만났던 적의 낌새가 성벽 너머 멀리서 감지되었다.

"아직도 몬스터나 마족들이 날뛰나?"

"무슨 개소리야?"

"내 감지 능력을 잊어버린 건 아니겠지? 마족은 아니지만 몬스터가 꽤 우르르 몰려들고 있는데?"

"뭐?"

페이서가 쥐고 있던 술잔이 아래로 기울어지더니 반쯤 남은 맥주가 아래로 흘러내렸다.

카일은 눈을 감고 정신을 집중시켰다. 그러자 어두워진 시야에 크고 작은 빛 덩어리가 하나둘 모습을 드러내기 시작하더니 수백여 개에 이르렀다.

다시 눈을 뜬 카일의 표정은 의외로 여유가 넘쳤다.

"뭐, 평화롭다 해도 몬스터의 출몰 자체가 아예 없을 리 없지."

"아, 아냐! 우리가 제이블란트를 쓰러뜨린 이후 20년 동안 이런 일은 한 번도 없었어!"

"그래?"

다급한 어조로 말하는 페이서와 달리 카일의 태도는 여전히 여유가 넘쳤다. 그리고 아까 페이서가 한 말을 떠올리며 가볍게 웃었다.

"너, 앞으로 입조심해야겠다. 말하는 게 그대로 이뤄지는 건 축복이 아니라 저주야."

"……."

"그런데 저 정도 숫자면 이곳의 병사만으로도 충분히 상대하고도 남잖아? 게다가 성안에서 제대로 방어만 하면 큰 피해 없이 막을 텐데 왜 저렇게 호들갑이야?"

"무슨 소리야? 전쟁이 끝난 지 20년이나 흘렀다고! 상비 병력 수 자체가 예전보다 적을뿐더러 그때의 병사들과 지금 병사들 실력이 같다고 봐?"

"아, 그렇군."

"넌 이런 와중에 왜 혼자 침착하냐? 당장에라도 도망치든가 아니면 저 몬스터들을 해치우든가 해야지!"

"아니, 이렇게 기습해 오는 경우야 흔했잖아. 뭘 그렇게 호들갑 떨고 그래?"

"그건 20년 전 이야기고!"

"아, 그건 또 그렇군."

페이서와의 대화를 통해 카일은 자신이 20년이라는 시간 동안 진짜 석화되어 시간의 흐름을 단번에 뛰어넘었음을 새삼 실감했다.

"아무래도 여기선 상황 파악을 자세히 하긴 힘들겠어. 도대체 무슨 일이 일어나고 있는지 확인해 봐야겠어. 페이서, 너도 같이……."

카일은 하던 말을 도중에 끊고 입을 다물었다.

언제나 마음 놓고 자신의 등 뒤를 맡겼던 전우는 더 이상 싸울 수 없는 몸이 되어버렸다.

방금 전까지 카일이 취하던 여유로운 태도도 알고 보면 현재의 페이서가 아닌 과거 자신과 같이 싸우던 전성기 때의 페이서를 떠올렸기 때문이다. 결국 그는 본능적으로 몬스터들이 집결하고 있는 성 정문을 향해 홀로 달려갔다.

4

"왜 모인 병력이 이것밖에 안 되는가?"

"저, 그게, 오늘 밭을 일구기로 한 병력이 복귀할 시간이 안 되어서……."

"투석기! 투석기 준비는 어떻게 되었나?"

"그, 그게 말입니다, 보고에 의하면 녹이 슬어서 구동 자체가 불가능하답니다."

"녹이 슬었다고? 지난달 정기 점검 땐 아무 이상 없다고 보고하지 않았는가!"

"죄송합니다."

"그것보다 말! 말을 타고 온 기사가 고작 세 명밖에 안 되나? 나머지는 어떻게 된 거야! 설마 말이 없어서 못 온다는 핑계를 대진 않겠지?"

"전투용 말을 현재 마차용으로 사용 중이어서 안장을 달고 오는 데 시간이 걸린답니다!"

"뭐? 그러면 말이 망가지는 걸 몰라? 에잇! 도대체 평소 준비를 어떻게 한 거야!"

성문 앞에 병력을 집결시킨 지휘관은 몬스터에 대항할 준비가 하나도 안 되어 있는 걸 시시각각 보고받으며 목소리를 높였다.

성벽 위에 경비를 서고 있던 인원과 성문 앞에 모인 병력을 모두 합해도 백여 명밖에 되지 않았다. 무엇보다 투석기는 사용 불능에 성벽 위의 병사들이 평소처럼 졸면서 시간을 때우다가 몬스터들이 거의 성문 앞까지 모여든 후에 보고했기에 성안은 혼란에 휩싸였다.

쿵!

순간 성문 바깥쪽에서 들린 충격음에 병사들이 놀라 진열을 흐트러뜨렸다. 지휘관이 고래고래 고함을 지르자 다시 원래의 위치로 모여들었지만 병사들의 안색은 새파랗게 변한 뒤였다.

'완전히 엉망진창이로군. 하긴, 검문할 때부터 대충 눈치챘지만 이건 좀 심한데.'

카일은 완전히 오합지졸로 구성된 병사들을 보며 혀를 찼다.

예전 같았으면 사전 허가 없이 성안으로 무기를 가지고 들어가는 일은 상상도 할 수 없었다. 카일이 등에 비스듬히 걸쳐 멘 대검의 크기가 워낙 커서 무기가 아니라고 착각한 것은 둘째 치고, 엉뚱하게도 카일이 들어갈 때 경비병들이 경례를 한 일도 있었다. 그가 걸치고 있는 갑옷을 보고 멋대로 성내 기사라고 착각한 탓이다.

쿵! 쾅!

계속해서 성벽을 두들기는 소리가 이어지자 병사들의 두려움은 더욱 커져갔다. 애당초 몬스터라곤 구경조차 못 해본 젊은 세대가 대부분이었고, 그들을 윽박지르는 지휘관 역시 20년 만에 겪는 몬스터의 습격에 어떻게 대응해야 할지 몰라 갈팡질팡했다.

'쩝, 이대로라면 성문이 박살 나자마자 대학살이 펼쳐지겠군. 결국 내가 나서야 하나?

카일은 등에 비스듬히 걸친 거대한 검자루로 손을 가져갔
지만 뽑기 직전에 손을 뗐다.

'내가 왜 이 사람들을 구해줘야 하지?

그냥 도망치는 거라면 페이서 하나만 데리고 빠르게 돌진
하면 된다.

타인을 아무런 대가 없이 구해준 결과를 세 번이나 마주했
는데, 예전처럼 아무런 대가 없이 남을 구해줄 마음 따위 조
금도 솟아나지 않았다.

그렇다고 페이서 하나만 데리고 도망치기에는 모양새가
영 좋지 않았다.

'최소한 녀석에게 뭔가 해주고 가고 싶어. 방금 전 건네준
돈이야 얼마 가지 않아 술로 다 탕진할 게 뻔하고. 그러면…
이렇게 해볼까나?

카일은 왔던 길로 뒤돌아서더니 달리기 시작했다.

텅 비어버린 거리를 질주한 카일은 페이서가 있는 술집 앞
에 멈춰 섰다. 페이서는 여전히 자리를 지키고 있었지만 예전
과 달리 안절부절못하는 모습이다.

"페이서, 여기 영주 어디에 있나?"

"영주?"

"짭짤한 거래 좀 해볼까 해서 말이지."

“설마 그러면 자네가…….”

“몇 번이나 이야기하지 않았습니까?”

“빛의 용사 페이서와 함께 제이블란트를 쓰러뜨리고 성검 레디언스와 함께 봉인되는 운명을 스스로 택한 비운의 검사 카일이란 말인가?”

‘비운의 검사’라는 수식어에 카일은 자신도 모르게 피식 웃음이 새어 나왔다. 사실 봉인을 스스로 택할 당시의 심정이 그렇게 비장한 것도 아니었고, 무엇보다 봉인되기 직전 카일의 이름 앞에 붙은 수식어 ‘미친개’와는 너무나 거리감이 느껴졌다.

“자네가 진짜 카일이라면 정말 다행일세! 마치 신의 가호가 내린 기분이야!”

엘리서스 성의 영주 그리엄은 카일의 자신만만한 태도에 가슴을 쓸어내리며 안도의 한숨을 내쉬었다.

방금 전까지만 하더라도 때 아닌 몬스터의 침공에 어떻게 대응해야 할지 당황했다. 그러던 차에 갑작스럽게 문을 열고 회의장 안으로 들어온 청년을 보고 놀라지 않을 수 없었다. 그의 앞을 가로막은 기사들마저 맨주먹에 쓰러졌을 때엔 절망에 휩싸이기도 했다.

　그러나 청년은 자신의 이름을 '카일'이라 밝혔고, 그의 상
징이나 마찬가지인 거대한 흑검과 흑염의 기운을 영주와 가
신들 앞에 선보였다. 그리고 제시한 조건만 수락한다면 몬스
터들을 처리해 주겠다고 나섰다.

　문제는 정작 카일이 누구인지 그 누구도 곧바로 떠올리지
못했다는 점이다. 결국 카일이 페이서를 비롯한 20년 전 영웅
들의 이름을 꺼낸 뒤에야 알아챘다.

　"그나저나 20년이란 긴 시간 동안 나이를 먹지 않고 젊음
을 유지했다니 참으로 신기하군."

　"자세하게 설명해 드리고 싶지만 장소와 시기가 적절치 않
군요. 그러면 전 먼저."

　카일은 나타났을 때와 마찬가지로 재빠르게 문을 열고 밖
으로 나갔다. 회의장 안에 있던 이는 모두 카일이 나간 방향
을 멍하니 바라고 있을 뿐이다.

＊　　　＊　　　＊

　영주와의 담판을 마친 카일은 어깨를 으쓱거리며 페이서
앞에 나타났다.

　"즉석으로 계약 하나 하고 왔다."

　카일은 아직 서명한 잉크도 마르지 않은 두루마리를 펼

쳤다.

"난 원래 용병 출신이잖아. 이 정도 규모의, 이만한 인원을 살리는 데 아무런 보상도 없이 뛰어들 수는 없잖아? 약간의 의견 출동이 있긴 했지만 그럭저럭 잘 해결되었어."

물론 그 약간이라는 게 예의도 없이 감히 영주 앞에 나타난 죄를 묻겠다며 달려든 기사 다섯 명을 검도 뽑지 않고 주먹으로만 해치운 게 문제라면 문제겠지만.

갑작스러운 상황 변화에 페이서는 뭐라 할 말을 찾지 못하고 입만 뻐끔거렸다.

"아, 그리고 영주가 날 도저히 못 알아보길래 네 이름 좀 팔았다. 어차피 네 동의를 구할 일도 아니잖아? 그렇지?"

"카일, 나, 나는……."

"잔소리는 나중에 듣도록 하고, 우선 계약 이행부터 하고 올게!"

카일은 페이서의 어깨를 툭툭 쳤다.

그리고 성문 쪽을 향해 빠르게 달려갔다. 가는 도중 눈을 감고 감지 능력을 발동시키자 어두워진 시야에 크고 작은 빛 덩어리들이 모습을 드러냈다.

성문 앞에 집중적으로 뭉쳐 있던 빛 덩어리들이 돌연 아래쪽으로 길게 이어지며 뾰족하게 튀어나온 송곳 모양을 형성했다.

‘결국 성문이 박살 났군. 30분이나 버텨줬으니 그나마 다행이랄까?’

카일은 감았던 눈을 뜨면서 미소를 지었다.

석화가 풀린 이후 흘러간 한 달여의 시간이 마치 환상처럼 느껴졌다. 대신 몬스터들이 쳐들어온 지금이 진정한 현실로 인식되었다.

6

"으아아악!"

거대한 오거의 오른손에 붙들린 병사가 비명을 질렀다.

3미터를 훌쩍 넘어서는 오거의 육중함에 압도된 병사들은 공격할 생각조차 못하고 간신히 대열을 유지하는 것이 고작이었다.

"물러서지 마라! 공격해라!"

엘리서스 성의 경비를 지휘하는 기사 제이콥스는 고래고래 고함을 지르며 공격 명령을 내렸지만 그 역시 오거와의 거리를 좁히기는커녕 벌리면서 겁에 질려 있었다.

성벽이 박살 나자마자 성안으로 들어온 몬스터들은 거대한 오거 세 마리를 앞세우고 진격을 멈추지 않았다.

전혀 본 적이 없는 기괴한 형상의 몬스터들의 돌격을 접한 병사들은 제대로 된 반격조차 하지 못하고 계속 후퇴만을 반복했다. 뒤늦게 말을 타고 도착한 기사들이 돌격하며 공격 루트를 뚫었지만, 병사들은 주춤거리며 움직이지 않았다.

결국 몬스터들 한복판으로 진격한 기사들은 그대로 포위되어 병사들의 시야에서 완전히 사라졌다. 말의 투레질 소리와 기사들의 비명 소리가 울려 퍼진 후 몬스터들은 말과 기사들의 시체를 짓밟으며 계속 앞으로 나아갔다.

이대로 가면 병사들의 전멸은 시간문제였다. 완전히 전의를 상실한 병사들은 빠른 속도로 그들의 뒤에서 달려오는 카일의 존재를 인식할 틈도 없었다.

"비켜! 비키라고!"

카일이 목청을 높이자 화들짝 놀란 병사들이 다급히 옆으로 비키며 길을 열어주었다.

"하아앗!"

카일은 등에 메고 있던 대검을 뽑자마자 그대로 가로 방향으로 크게 휘둘렀다. 그러자 오거의 목이 몸통과 분리되더니 위로 날아올랐다. 오거가 쥐고 있던 병사는 피투성이가 된 채로 아래로 툭 떨어졌다.

"뭐 해? 니들 동료부터 빨리 구출하라고! 어서!"

카일의 윽박지름에 병사들은 화들짝 정신을 차리고 부상자들을 재빠르게 끌어당겼다.

“좋아, 그러면……”

카일은 검은색의 대검을 양손으로 움켜쥐더니 정면을 향해 도약했다. 그리고 몬스터들의 진영 한복판에 떨어지는 동시에 검끝을 아래로 향했다.

“블래스트(Blast)!”

콰쾅!

강렬한 폭발음과 함께 검은 불꽃이 카일을 중심으로 커다란 원을 형성했다. 원 밖에 있던 몬스터들이 폭발에 밀려 우수수 옆으로 쓰러졌고, 안에 있던 놈들은 검은 불길에 휩싸인 채로 위로 솟아올랐다.

정작 불길 한가운데에 있는 카일의 몸에는 아무런 이상이 없었다. 그는 입술 왼쪽 끝을 살짝 치켜 올리며 살벌한 미소를 지었다.

‘그래, 이 느낌이야. 오래간만이라 그런지 피가 끓어오르는데.’

요 근래 인간들을 상대로 손봐준 것과는 비교 자체가 불가능한 희열이 카일의 가슴속에서 끓어올랐다.

카일은 땅속 깊이 박힌 검을 뽑아 들고 마음껏 휘둘렀다.

엘리서스 성을 침공해 온 몬스터의 대다수인 고블린은 그에게 제대로 된 반격 한 번 해보지 못하고 우후죽순 썰려 나갔다. 그가 검을 휘두를 때마다 핏줄기가 위로 솟구쳤고 검은 불길이 잔상처럼 남았다가 사라졌다. 병사들은 멍하니 그가 선혈로 그려내는 무자비한 그림을 멍하니 지켜보기만 했다.

"크워워!"

오른팔이 잘려 나간 오거가 있는 힘을 다해 왼팔을 아래로 내려찍었다. 아슬아슬하게 공격을 피한 카일의 왼쪽 뺨에 상처가 길게 이어졌지만, 이내 상처 위에 피어오른 검은 불길이 핏방울을 증발시키며 흉터 하나 남기지 않고 회복시켰다.

"하앗!"

카일은 오거의 가랑이 사이에 대검을 놓고 비스듬히 기울이더니 제자리에서 도약하며 검을 위로 쳐올렸다. 그러자 정확하게 세로 방향으로 반 토막이 난 오거의 시체에서 피가 뿜어져 나오면서 카일의 머리 위로 쏟아졌다.

피에 흠뻑 젖은 채로 카일이 천천히 앞으로 걸어 나왔다. 이미 반 이상의 전력을 잃은 몬스터들은 병사들이 그랬던 것처럼 두려움에 휩싸여 뒤로 슬금슬금 물러서기 시작했다.

"더 싸우고 싶다면 얼마든지 오라고! 아직 몸도 제대로 못 풀었거든?"

카일은 자신만만한 태도로 대검을 오른손에 쥐고서 앞으로 내밀었다. 검은색의 검신 아래로 뚝뚝 떨어지는 핏방울을 본 몬스터들은 성안으로 진격할 때보다 더 빨리 도망치기 시작했다.

몬스터들이 완전히 물러나자 집 안에 숨어 있던 시민들이 하나둘 조심스럽게 밖으로 나왔다.

그들은 두려움 반, 호기심 반의 심정으로 격전이 일어났던 성문 근처로 모여들기 시작했다. 병사들이 겹겹이 둘러싼 포위망 너머로 고개를 내민 시민들은 몬스터들의 피를 흠뻑 뒤집어쓴 채로 오거의 시체 위에 앉아 있는 카일을 보자마자 마치 돌처럼 굳어버렸다.

'이젠 이 익숙한 냄새에서 벗어나나 싶었는데.'

카일은 손등을 코 가까이에 가져가 킁킁거리며 냄새를 맡았다.

"역시 예상한 반응이로군. 쩝."

그는 자신에게 창끝을 향한 병사들을 둘러보며 가볍게 한숨을 내쉬었다.

카일의 힘과 전투 방식은 적은 물론 아군까지 공포에 질리게 만들곤 했다. 엘레힘의 고대 유적에서 발견한 두 개의 힘, 섬광과 어둠의 불꽃 중 후자를 택한 결과였다.

당시의 카일은 '어차피 내 성격상 이 힘이 나에게 더 어울려' 라고 스스로 인정하긴 했지만.

　그 선택은 결과적으로 섬광을 택한 페이서를 더욱 부각시키는 효과로 이어졌다. 물론 페이서 없이 홀로 있는 지금의 카일로선 흑염의 힘이 가져다주는 공포가 더 확대될 뿐이다.

　병사들을 포함한 성안의 모든 인간은 몬스터의 습격으로부터 구원받았다는 고마움보다 알 수 없는 힘을 발휘해 몬스터들을 살육하고 피범벅이 되어 나타난 카일에 대한 공포에 침묵을 지키고 있다.

　'애당초 이런 반응이 돌아올 게 뻔해서 돈으로 받길 원했지.'

　"카일!"

　병사들 사이를 비집고 얼굴을 내민 페이서가 카일의 이름을 크게 외쳤다.

　카일은 말없이 손을 좌우로 휘저으며 길을 터달라고 손짓했고, 병사들은 흠칫 놀라면서 잽싸게 옆으로 물러섰다.

　"무사했구나!"

　"뭘 걱정하고 그래? 이 정도는 나에게 아무것도 아니라고."

　"넌 여전히 강하구나. 예전과 조금도 달라지지 않았어."

　페이서는 지금 눈앞에 있는 카일이 진짜로 20년 전의 그라는 사실을 확실하게 받아들였다.

　그와 동시에 예전에는 느끼지 못한 질투라는 감정이 살짝 피어올랐지만, 넉살좋게 웃으며 어깨에 손을 올린 친구의 얼굴을 보자 이내 사그라졌다.

"넌 나보다 더 강했어. 벌써 까먹은 거야?"

"그래도……."

"봐, 아무도 나에게 올 엄두도 못 내는데 넌 아무렇지도 않게 다가왔잖아?"

누군가 얻어맞는 장면만 봐도 이상 증세를 일으키던 페이서는 막상 피에 젖은 몬스터들의 시체가 나뒹굴고 있는 한복판에 있음에도 멀쩡했다.

"카일? 어디에서 들어본 이름 같은데?"

지휘관 제이콥스는 예전 마족과 전쟁이 있던 젊은 시절의 기억을 떠올려 봤지만, 20대 초반으로밖에 보이지 않는 카일의 외모와 너무나 큰 간격에 머릿속이 혼란스러웠다.

"영주님이시다!"

누군가의 외침에 카일과 페이서를 둘러싼 인파가 반으로 갈라지며 도로 한쪽으로 비켜섰다.

갑옷을 걸치고 중무장을 한 영주 그리엄은 백마를 타고 천천히 카일에게 다가왔다. 병사들과 기사들은 경례를 했고 시민들은 바닥에 엎드려 고개를 숙였다. 페이서 역시 몸을 숙이려 했지만 카일이 그의 뒷덜미를 붙들어 억지로 일으켜 세웠다.

“자네, 정말로 빛의 용사와 함께 싸웠던 카일이 맞군.”

막상 카일이 회의장을 떠나자 진짜인지 아닌지 의구심을 지우기 힘들었다.

하지만 수백에 달하는 몬스터를 홀로 상대하고 몰아낸 장면을 본 이상 믿지 않을 수 없었다.

“그리고 자네 옆에 있는 사람이 진짜로… 빛의 용사 페이서가 맞는가?”

“표정만 봐도 무슨 의도로 물어보시는지 충분히 압니다. 한 가지 확실한 건 제가 굳이 이런 상태의 남자를 거짓으로 데려와 페이서라고 우길 리 없다는 사실이죠. 이왕 우기려면 나름 중후하게 나이 먹은 남자를 데려왔지 않겠습니까?”

“그렇군.”

“그리고 영주라는 높은 위치에 계신 분이니 왜 이 녀석이 이런 처지가 되었는지는 굳이 설명하지 않겠습니다. 세상살이라는 게 다 그렇지요.”

영주 그리엄은 20년이란 시간 동안 완전히 변해 버린 페이서의 모습에 안타까워했다. 무엇보다 과거의 영웅이 자신의 성내에 살고 있다는 사실 자체를 파악 못했음에 한탄을 금치 못했다.

하지만 미리 알고 있더라도 페이서가 반역죄라는 누명을 뒤집어쓴 이상 일개 영주의 입장에서 뭔가 해주기에도 곤란했다.

"설마 20년 전 마족과의 전쟁 때의 그… 카일?"

지휘관 제이콥스는 뒤늦게 자신들을 구해준 정체불명의 사내가 카일이라는 걸 깨닫고 경악했다.

반면 젊은 병사들과 시민 대다수는 카일이라는 이름보단 일개 주정뱅이에 불과한 중년 남자가 과거 빛의 용사라 불렸던 페이서라는 사실에 놀람을 감추지 못했다.

"자, 영주님, 그렇다면 약속대로 '성의'를 부탁드려도 되겠습니까?"

카일은 계약할 때 일부러 정확한 금액을 기록하지 않고 단순히 성의라고 표현했다. 시간문제도 있었지만 영주라는 지위상 이 정도 일을 해주었으니 알아서 두둑하게 줄 거라는 기대를 품었기 때문이다.

카일이 돌연 이야기의 흐름을 끊고 무작정 돈 이야기를 꺼내자 그리엄의 얼굴이 살짝 일그러졌다. 그러나 이내 표정을 풀고선 턱짓으로 동행한 기사들에게 명령을 내렸다.

"내 소중한 영지와 시민들을 구해준 대가로 부족하지 않을까 염려되네."

카일은 기사들이 끌고 온 말의 짐을 확인하고선 만족스러운 표정을 지었다.

'왠지 다시 깨어난 이후 나는 돈 뜯는 데 특화된 거 같아.'

이런 식으로 판이 커지다간 한 나라의 왕을 상대로 계약서를 들이밀 미래가 카일의 머릿속에 살짝 떠올랐다.

"페이서, 이 정도면 근사한 집 한 채 구하고도 싸구려 맥주가 아닌 비싼 와인을 펑펑 마시면서 안락하게 지낼 수 있을 거다."

카일은 짐의 입구를 열어 한 움큼 금화를 꺼내 갈무리하더니 말고삐를 페이서에게 건넸다.

"카일, 나, 나는 이런 걸 원한 게 아니야! 이미 준 것만으로도 충분하다고!"

"하지만 난 네가 이런 모습으로 살아가는 걸 원치 않아. 나야 어떻게든 먹고 살길을 마련할 수 있지만 넌 아니잖아."

카일은 억지로 페이서의 손에 고삐를 쥐어주곤 가볍게 미소 지었다.

바로 그때 경비병 한 명이 가쁜 숨을 몰아쉬며 그리엄 앞으로 달려왔다.

그리엄 옆에 서 있는 보좌관은 경비병으로부터 건네받은 두루마리를 읽더니 심각한 표정을 지었다. 그리고 보좌관이 전달한 두루마리를 펼쳐 든 그리엄의 눈이 크게 떠졌다.

"뭐? 다른 성도 몬스터의 침략을 받았단 말이냐? 그것도 한두 군데가 아니라 여러 성이?"

이전까지 웅성거리던 병사들과 시민들이 하던 말을 멈추

고 입을 떡하니 벌렸다.

"마족들까지 나타났다니, 도대체 무슨 일이 일어난 건가!"

몬스터들이 물러갔다는 기쁨은 온데간데없고 또 닥칠지 모르는 상황에 대한 공포가 빠르게 퍼져 나갔다.

"전쟁이 끝난 지 고작 20년밖에 되지 않았는데 이 무슨 비보란 말인가! 다시 그 끔찍한 전쟁이 시작되려는 건가! 허어!"

그리엄은 연신 탄식만을 내뱉으며 고개를 설레설레 저었다. 하지만 카일은 전혀 다른 생각 중이었다.

'20년 동안 모습조차 드러내지 않던 마족과 몬스터들이 다시?'

모두 혼란에 휩싸인 가운데 유일하게 카일 혼자만이 엷은 미소를 지었다.

'아주 잘됐어. 어차피 난 혼란 속에서나 살아갈 수 있는 인간이야. 그런데 다시 전쟁이 일어날지도 모르는 상황이라니, 난 너무 운이 좋은 거 같아.'

어차피 지금의 평화는 20년 전 전쟁의 결과로 얻은 것이지 카일의 목적은 아니었다. 무엇보다 평화를 위해 모든 걸 바친 전우들의 현 상황을 본 그로선 언제 깨질지 모르는 안정이 기쁘게 여겨졌다.

"흠흠, 자네 말일세."

어느새 말에서 내린 영주 그리엄은 헛기침을 하더니 조심스럽게 말을 건넸다.

"갑자기 이런 말을 들으면 당황스러울지 모르겠지만, 나를 위해 일해주지 않겠는가?"

카일은 터지려는 웃음을 참느라 안간힘을 썼다.

'갑자기 태도가 돌변하는군.'

그는 간신히 웃음기를 지운 뒤 어깨를 으쓱거렸다.

"영주님, 지금 같이 온 가신들의 얼굴 봤습니까? 어디서 굴러들어 온 돌이 박힌 돌을 빼내려고 하느냐는 표정이었죠."

이번엔 가신들의 표정이 약속이라도 한 듯 동시에 일그러졌다.

"이해가 안 가는 건 아닙니다. 그래도 전 괜히 의미 없는 파벌 다툼에 끼어들고 싶지 않거든요. 친구의 경우도 있고, 이런 식으로 해준 것만큼 보상받고 떠나는 편이 속 편합니다."

"그렇다면 이번처럼 돈으로 고용된 관계를 유지한다면 어떤가?"

"그건 무리입니다. 매번 이만큼의 금액을 주고 성을 지키려고 한다면 재정부터 박살 날 겁니다. 우선 이 사실을 왕궁에 보고한 뒤 병력 체계를 정비하는 편이 훨씬 싸게 먹힐 겁니다. 가능하면 녹슨 투석기부터 제대로 고치길 권합니다."

카일의 지적에 그리엄은 지휘관 제이콥스를 노려봤다.

영주의 체면을 제대로 구긴 제이콥스는 그저 고개를 숙이고 땅바닥만 바라보고 있을 뿐이다. 경비병들은 나중에 자신들에게 떨어질 불호령을 떠올리며 눈을 질끈 감았다.

"에잇! 뭣들 하는가? 빨리 저 더러운 몬스터들의 시체를 성 밖으로 내버려라! 그리고 기사는 전원 날 따라오도록!"

8

영주 그리엄이 자리를 뜨자 병사들은 허겁지겁 도로 한복판에 즐비하게 널브러져 있는 몬스터의 시체를 치우기 시작했다. 시민들은 가득 채운 물통을 짊어지고 도로를 흥건하게 적신 핏자국을 지우는 데 여념이 없었다.

"페이서, 아까 영주가 한 말 들었지?"

카일은 워낙 덩치가 커서 병사들이 치울 엄두를 못 내는 오거의 시체를 발로 툭툭 건드리며 말을 건넸다.

"이제 세상이 옛날로 돌아가려는 것 같아. 우리가 한창 검을 휘두르던 바로 그때로 말이야."

입술 왼쪽 끝을 치켜 올리며 웃고 있는 카일과 입술을 굳게 다물고서 고개를 숙인 페이서는 무척 대조적이었다.

"몬스터들의 침공이 방금 전 한 번으로 끝났다면 모르지만, 아무래도 그럴 것 같지는 않아 보여. 20년 동안 꽁꽁 모습을 숨겼던 마족과 몬스터들이 한 곳도 아닌 여러 곳에서 거의 동시다발적으로 모습을 나타냈다는 게 무슨 의미겠어?”

“나, 나는… 나는……..”

페이서는 제대로 말을 잇지 못하고 더듬거렸다.

카일은 망설이는 친구의 모습을 그저 가만히 바라봤다.

“나, 나는 보다시피 옛날과 달라. 변해 버렸다고!”

“맞아.”

“그리고 넌 예전 그 모습 그대로이고 변함없이 강해.”

페이서는 술에 취했을 때마다 빛의 용사란 칭호를 툭툭 내뱉었지만 정작 지금의 자신에겐 결코 어울리지 않는다고 여겼다.

그에 반해 가슴에 묻었던 옛 친구는 초라해진 지금의 자신보다 훨씬 더 큰 모습으로 나타났다.

세상의 평화가 다시 깨질지 모른다는 이야기에 다시 한 번 검을 쥐어야 한다는 사명감이 들었던 것도 잠시, 20년이란 시간 속에서 쇠퇴해 버린 자기 자신이 너무나 원망스러웠다.

“페이서, 내가 변하지 않은 이유가 뭔지 알아? 변해 버린 너를 위해서인 것 같아. 그래야 또다시 변하도록 이끌 수 있으니까.”

“카, 카일!”

“일개 용병으로 살다가 전장에서 죽었을지 모르는 날 구해

준 건 다름 아닌 네가 내민 손이었어. 이번엔 내 차례야."

카일은 오른손을 내밀었다.

"이대로 현재의 삶을 계속 살아갈 건지, 아니면 나를 따라갈 건지는 어디까지나 네 선택이야."

페이서 역시 오른손을 내밀었지만 카일의 손과 닿을락말락한 거리만을 남겨두고 손가락을 펼쳤다 움켜쥐기를 반복했다.

그렇게 몇 번이나 망설인 끝에 페이서는 카일의 오른손을 강하게 움켜쥐었다.

"손에 박인 굳은살 죄다 어디로 갔어? 그동안 너무 논 거 아냐?"

카일의 농담에 페이서는 그제야 가볍게 웃을 수 있었다.

"초, 총각!"

카일이 목소리가 들린 방향으로 고개를 돌리자 페이서가 있던 곳을 가르쳐 준 식당 여주인이 서 있었다.

"정말 총각이 찾았던 사람이… 저 주정뱅이, 아니, 페이서 님이란 말이유?"

"뭐, 그렇게 되었습니다."

무덤덤한 카일의 대답에 여주인은 몸 둘 바를 몰라 했다.

결국 그녀는 허리를 크게 굽히더니 고개를 숙였다.

"미, 미안하우! 그리고 고마우이!"

“어차피 모르고 하신 말이니 신경 쓰실 일 없습니다. 그리고 고마워하실 필요도 없고요.”

카일은 페이서의 손을 쥔 채로 성문 쪽으로 몸을 돌렸다.

“자, 페이서, 가자. 우리가 있을 곳은 여기가 아니야.”

Chapter 05
잊혀진 인연

1

인간과 마족 간의 전쟁이 끝난 이후 20년 만에 등장한 마족과 몬스터의 습격은 인간 사회에 적지 않은 혼란을 가져다주었다.

대륙 곳곳에서 벌어진 산발적인 전투 상당수가 오랜 시간 동안 평화에 젖어 있던 인간 측의 패배로 끝났다. 하지만 말이 패배지 제대로 싸울 준비조차 되어 있지 않은 터라 일방적으로 밀려 도망간 경우가 허다했다.

마족과 몬스터에게 점령당한 성과 마을 위엔 마족을 상징하는 검은색 바탕에 붉은색 검 두 개가 서로 대각선으로 교차

된 깃발이 펄럭거렸다. 또한 20년 전의 전쟁에서 패배한 이후 인간에 의해 완전히 짓밟혔던 마족의 본거지인 대륙 북쪽 산맥 너머에선 하나둘 모여든 마족들에 의해 새로운 도시가 빠르게 건설 중이었다.

반면 인간 측에선 재빠르게 전쟁 준비를 하거나 아니면 이전 전쟁 때처럼 새로운 영웅이 나타나기만을 기다리며 소극적으로 대처하는 등의 다양한 양상이 나타났다. 하지만 전체적으로 보면 20년 동안 지속된 평화 때문에 녹슬어 버린 병력 체제를 놓고 갈팡질팡했다.

일부 국가에선 본보기를 보여야 한다며 기존에 거느리고 있던 마족 노예들을 공개 화형에 처하는 등 쓸데없이 시간만 소모하고 있었다.

2

엘레힘 신성력 1325년 9월 10일.

안개의 숲.

엘리서스 성으로부터 남쪽으로 쭉 내려가면 나오는 지역으로, 예전 마족과의 전쟁이 한창 진행될 때엔 인간과 마족, 그리고 몬스터들의 시체가 겹겹이 쌓일 정도로 치열한 혈전이 몇 번이나 치러진 곳이다. 그리고 지금은 그 시체를 비료 삼아 수풀이 더욱 피어나고 짙게 드리워진 죽음의 그림자가 사라지면서 야생동물의 천국으로 바뀌었다.

카일은 20년 동안 망가져 버린 페이서의 육체를 예전으로 되돌리기 위한 기반을 닦을 장소로 이곳을 택했다. 인간이 지닌 힘의 근원인 마나의 빠른 회복을 위해서이기도 했지만, 정신적인 타격이 큰 페이서를 위해선 다소 변칙적인 방법이 필요했기 때문이다.

"헉헉!"

페이서는 비틀거리며 우거진 수풀 사이를 걸어갔다.

그의 입에선 거친 숨이 연신 뿜어져 나왔고, 넘어지면서 묻은 흙이 온몸에서 흘러나온 땀과 뒤범벅이 되어 옷에 달라붙었다. 카일이 건네준 검은 들고 뛰기 버거워서 내동댕이친 지 오래이다.

페이서는 허리를 숙이려 했지만 불룩 튀어나온 뱃살 때문에 그것조차도 힘들었다. 결국 나무를 짚고 서서 숨을 고를 수밖에 없었다. 크게 벌린 입에서 먼지 섞인 침이 길게 아래로 흘러내렸다.

"이, 이번에야말로 반드시……."

간신히 정신을 차린 페이서는 천천히 걸으면서 조심스레 손을 앞으로 내밀었다. 3미터 앞에서 토끼가 두 귀를 쫑긋거리고 있었다.

살금살금 걸음을 옮기며 거리를 좁힌 페이서는 숨을 한 번 내쉬더니 앞으로 풀쩍 뛰었다.

"잡았다!"

하지만 깡충 뛰어오르며 그의 손을 피한 토끼는 수풀 속으로 후다닥 도망가 버렸다.

"안 돼!"

페이서는 땅바닥에 엎드린 채로 주먹을 내려쳤다.

그러자 나무 위에 있던 카일이 아래로 가볍게 착지했다. 왼손에 들고 있는 모래시계의 위쪽이 텅텅 비어 있다.

"시간 초과야."

"조금만 더 시간을 줘! 한 시간! 한 시간만 더!"

"그러면 네 체력이 버티지 못할 거다."

"십, 십 분만! 아니, 일 분이라도!"

"포기해."

카일은 오른손에 들고 있던 맥주 조끼를 아래로 기울였다. 그러자 땅바닥에 흘러내린 맥주 위로 거품이 뽀글뽀글 올라왔다.

"아아……."

페이서는 바닥에 흘러내린 맥주를 허망하게 바라보며 오른손을 뻗었다.

"그렇게 술이 먹고 싶어?"

"이 악마 같은 놈."

"같은 놈이 아니지. 지금의 너에겐 악마 그 자체겠지."

하루에 딱 한 번, 카일은 페이서에게 술을 마실 기회를 주었다.

정해진 시간 내에 저녁거리를 잡아온다면 가능하다고 제시하자 페이서는 그 어떤 훈련보다 열성적으로 저녁거리 사냥에 달려들었다.

하지만 안개의 숲에 온 지 일주일이 지났지만 페이서는 단 한 방울의 술도 마시지 못했다.

페이서로 하여금 술이 아예 없는 곳에 놔두고 끊게 만들어 봤자 술이 눈앞에 나타나면 당장 들이켤 게 뻔했다. 술에 대한 유혹을 극복하게 만들려는 카일의 의도 이면에는 그 유혹을 최대한 이용해 능동적인 훈련으로 이끌겠다는 속셈이 숨어 있었다.

—인간이란 족속은 말이지, 금지된 걸 허용하는 조건을 달 때 가장 빠릿빠릿하게 행동해.

이는 카일이 옛 스승에게 들었던 지침 중 하나이기도 하다.

"페이서!"

카일의 외침에 페이서는 땅바닥을 향해 내밀었던 혀를 휙 집어넣으며 고개를 들었다.

"나 진짜 화낸다."

"미, 미안."

"나라고 좋아서 너에게 이런 짓을 하는 게 아냐."

카일의 얼굴에 웃음기가 싹 빠졌다.

"네가 날 따라오겠다고 결심한 그날, 술을 끊겠다고 말했지?"

"면목 없다."

"내가 그때 아무 말도 안 한 이유는 널 믿지 못해서가 아니었어. 사람은 쉽게 변할 수 없기 때문이야."

이전에도 뼈저리게 깨달았던 진실이 지금처럼 카일에게 잔혹하게 다가온 적이 없었다.

＊　　＊　　＊

그날 밤, 산적들을 쫓아내고 대신 차지한 오두막 안에선 페이서의 잠꼬대가 흘러나왔다.

"제발… 그만해……."

침대 위에 누워 있는 페이서의 몸이 심하게 경련했다.

"더 이상 손톱과 발톱을 뽑지 말아줘… 크흑."

친구의 흐느낌에 카일은 조용히 침대에서 내려와 오두막

밖으로 나왔다.

여기저기서 들려오는 풀벌레 소리만으론 악몽에서 벗어나지 못하는 페이서의 흐느낌을 뒤덮을 수 없었다.

"빌어먹을."

카일은 페이서가 악몽에 시달릴 때마다 억지로라도 술을 먹이고픈 충동에 휩싸였다.

페이서가 매번 술에 취해 잠든 이유는 바로 악몽에서 벗어나기 위해서였다. 실제로 엘리서스 성에 머물렀을 때 페이서는 잠꼬대는커녕 곤히 잠들곤 했다.

가능하기만 하다면 마족이나 몬스터가 아닌 페이서를 이렇게 만들어 버린 모르드 왕국부터 당장에 박살 내고픈 심정이다.

하지만 페이서가 아무리 변했다 하여도 마족에 의해 모국이 쓰러지는 걸 보고만 있을 성격은 아니다. 예전의 모습으로 돌아가면 돌아갈수록 이딴 세상 따위 구해주는 거 아니었다는 생각에서 벗어나 원래 정의감이 가득했던 옛날로 돌아갈 가능성이 컸기 때문이다.

"하아… 녀석을 빨리 원래대로 되돌려야 할 텐데. 그렇지 않으면 모르드 왕국은 맥없이 쓰러질지도 몰라."

안개의 숲으로 오는 와중에 사람들로부터 들은 이야기는 결코 희망적이지 않았다.

평화라는 달콤한 꿈에 맛 들여 버린 대다수의 국가는 현실을 제대로 인식하지 못하고 어떻게 해야 할지 망설이고 있었다.

심지어 몇몇 사람은 마족과 몬스터의 재등장 자체를 허구로 받아들이며 말도 안 된다고 스스로를 세뇌했다.

특히나 전쟁의 폐해를 제대로 겪지 못한 젊은 세대는 인간들이 힘을 합치면 마족 따윈 몇 개월 만에 깡그리 쓸어버릴 수 있다는 근거 없는 자신감까지 보였다. 막상 전쟁이 본격화되면 가장 먼저 죽어나갈 이들이 누구인지 망각한 채로.

"전쟁의 불씨를 초반에 꺼뜨리긴 이미 글렀으니 이대로 판이 커지기만을 지켜볼 수밖에 없는 걸까?"

20년 만에 인간 앞에 나타난 마족과 몬스터들이 지난번 전투만 치르고 다시 사라질 리 만무했다. 분명히 지난 전쟁의 패배를 곱씹으며 전보다 더 치열한 혈전을 준비했을 것이다.

반면 카일은 동료들의 실력을 예전만큼 끌어올리기 위한 준비를 이제 막 시작했다.

"솔직히 모르드 왕국이 망하면 난 기쁘겠지만 페이서는 그렇지 않겠지."

서로 상반된 감정이 뒤섞인 탓에 카일의 머릿속은 복잡하기만 했다.

3

엘레힘 신성력 1325년 10월 5일.

카일과 페이서가 안개의 숲에 머문 지 어느덧 한 달이 되었다.

뛰어가기는커녕 숲을 걸어가는 것조차 힘겨워하던 페이서의 체력은 눈에 띌 정도로 성장세를 보였다. 20년이라는 이름의 공백은 확실히 무서웠지만, 시간이 흘러가면서 페이서의 결심은 조금씩 단단해져 갔다.

"아……."

페이서는 방금 전 휘두른 검을 아슬아슬하게 피한 토끼가 수풀 속으로 쏙 들어가는 걸 허망하게 바라봤다.

다시 한 번 쫓아갈까 생각도 해봤지만, 제한 시간이 임박했음을 떠올리며 아쉬워했다. 계속 달린 여파로 다리에 힘이 쭉 빠지자 검을 지팡이 삼아 버텼다.

"그래, 계속 검을 쥐고 있어야 해."

카일은 항상 해오던 대로 맥주 조끼를 기울여 맥주를 바닥에 부어버렸다.

"여전히 끌리지?"

“솔직히 말하면 그래.”

페이서는 눈썹을 살짝 찡그리더니 고개를 좌우로 휘휘 저었다.

그러나 예전같이 땅바닥에 흘린 맥주를 핥으려는 추태는 다시 보이지 않았다. 술에 대한 유혹 자체는 여전히 강렬했지만 이왕 마실 거 제대로 차가운 최상의 상태의 맥주를 들이켜겠다는 쪽으로 방향을 바꿨다.

그렇게 한 달이 지나자 불룩 튀어나왔던 뱃살은 상당히 줄어들었고, 두꺼운 목도 제법 가늘어졌다. 얼굴도 예전의 날렵한 턱 선을 되찾았고, 몸 전체적으로 지방이 차지했던 자리에 근육이 들어서기 시작했다.

“방심하지 마. 아직 한참 멀었어. 살이야 당연히 빼야 하고, 체력도 예전 수준으로 끌어올려야 하고, 빛의 힘은⋯ 그거야 닦달한다고 돌아오는 게 아니니 인내심을 가지고 기다려야겠군.”

조금씩이지만 페이서가 예전의 모습을 찾아가는 모습에 카일은 기뻐하면서도 일부러 내색하지 않았다.

‘이 정도면 충분히 변했지?’ 하는 방심만큼 무서운 건 없다. 만족스럽지 못한 상황일수록 여유라는 핑계가 떠오르게 마련이다.

“으윽.”

페이서는 눈을 질끈 감으며 검을 떨어뜨렸다.

손바닥을 펼쳐보니 터진 물집에서 진물과 피가 섞여 흘러내렸다.

"확실히 내가 검을 멀리하긴 했나 봐."

"앞으로 몇 번 더 터지고 아물어야 굳은살이 박일 거다."

카일은 지혈용 약초가 담긴 주머니를 건네주며 손바닥 상태를 살폈다.

"별수 없이 검술 훈련은 한동안 쉴 수밖에 없겠군."

"정말로?"

"기쁜 표정 짓지 마. 상처가 아물면 더 혹독하게 다룰 거니까."

*　　*　　*

오두막으로 돌아온 두 남자는 평소보다 이른 저녁을 먹었다.

카일은 야생 과일을 껍질을 벗기지 않고 베어 먹었고, 페이서는 근처 호수에서 낚은 물고기 구이를 한 점씩 뼈를 발라 먹었다.

"새로 박은 이빨은 이제 괜찮냐?"

엘레힘 교단의 사제를 찾아가 거금을 주고 새 이빨을 박아

넣었지만, 페이서는 한동안 적응하지 못하고 제대로 먹지 못
했다.

"그럭저럭. 이젠 고기도 씹을 수 있을걸?"

페이서는 새끼손가락으로 입술 사이를 벌려 카일에게 보
여주었다. 이빨 사이에 듬성듬성 보이던 빈 공간이 새 이빨로
깔끔하게 메워져 있다.

"그러면 슬슬 때가 되었군. 우리 여기에 온 지 한 달 넘었
지?"

"맞아."

"페이서, 당분간 혼자 지내도 괜찮겠지?"

"혼자?"

"널 해칠 만한 곰 같은 야생동물은 내가 미리 다 해치웠으
니 걱정할 필요 없을 거야. 몬스터의 흔적은 요 한 달 동안 숲
안을 모조리 뒤져봤지만 하나도 보이지 않았으니 그것 역시
두려워할 필요 없어."

"그래도 외딴 이곳에 나 혼자서 있기엔 좀……."

카일이 떠난다는 말에 페이서는 불안을 감추지 못하고 다
리 한쪽을 떨기 시작했다.

"네가 강해지기 위해선 근본적으로 본인의 노력이 중요해.
하지만 모든 것을 너 혼자 감당하기엔 무리야. 너의 열정이나
노력 여부에 관계없이 네 옆에 딱 붙어서 이끌어줄 사람이 필

요하거든.”

“지금 네가 하고 있는 게 그거잖아?”

“그건 단지 네 육체를 정상인 수준으로 되돌리는 것에 지나지 않아. 이건 그냥 널 다치지 않는 선에서 굴리면 해결되는 일이니 나 말고도 누구든지 할 수 있지.”

눈에 띄게 불안해하는 페이서를 보며 카일은 한숨을 내쉬려다가 관두었다.

“무엇보다 너와 나는 확실히 달라. 너는 체계적으로 하나씩 뭔가 남에게 배워가며 쌓아가는 타입이라면, 난 실제 겪고 느끼면서 깨달아가는 쪽이거든. 그래서 널 제대로 이끌기엔 무리일 거다.”

카일은 그 누구보다 당당하게 나섰던 친구의 옛 모습과 지금 마주 보고 있는 현재 모습의 괴리감이 하루라도 빨리 줄어들기만을 바랐다.

“그것 말고도 세상이 어떻게 돌아가는지 밖에 나가 수시로 파악도 해야 하고 다른 동료들도 데리고 와야 하잖아?”

세 명의 동료 중 페이서의 상태가 가장 안 좋았기에 최소한 혼자서 먹고살 수 있을 정도로 만드는 게 급선무였다.

그렇게 한 달이 지난 지금, 여전히 불안한 점이 남아 있긴 해도 큰 불상사가 닥치지 않는다면 페이서에게 위해를 가할 요소는 거의 제거했기에 이곳에 홀로 두고 떠날 결심을 굳힌 것이다.

"네가 자리를 비우면 그사이 숨겨놨던 술을 찾아낼 수도 있는데?"

"그러면 난 사람 하나 잘못 본 셈이 된 거지. 단지 그뿐이야."

카일이 술통을 숨겨놓은 장소는 다름 아닌 오두막 옆 호수 아래 깊숙한 곳이다. 만약 페이서가 그곳까지 혼자 아래로 잠수해 꺼내올 정도라면 나중에 돌아와서 칭찬하고 싶을 정도다.

"우선 너와 관련된 자 중 확실하게 도움을 줄 거라 생각되는 사람… 은 아니겠고, 아무튼 적절한 누군가를 데리고 올 테니 기대하라고. 이곳까지 오는 와중에 들은 재미난 소문이 사실이라면 가능한 일이겠지만."

"소문?"

"소싯적의 네가 여기저기 뿌린 페로몬의 결과라고 봐야 할 거다."

"페로몬이라니? 도대체 무슨 소리야?"

4

지난 마족과의 전쟁 당시 인간의 왕국 중 가장 활약한 나라는 페이서의 모국이기도 한 모르드 왕국이다.

빛의 용사 페이서를 선두에 내세운 모르드 왕국은 전쟁이 끝난 후 마족으로 이루어진 옆 나라 게르힌트 왕국을 그대로 흡수해 영토를 확장했고, 수많은 마족을 포로로 잡아 노예로 만들었다.

그로부터 20년이 흘러 다시금 마족들이 몬스터를 이끌고 인간들에게 도전장을 내민 지금, 최소한 모르드 왕국만큼은 전쟁 준비로 바쁘게 돌아갈 거라 카일은 예상했다.

하지만 그 예측은 모르드 왕국의 수도 케이브란스 성에 들어가자마자 완전히 박살 나버렸다.

*　　　*　　　*

엘레힘 신성력 1325년 10월 25일.

"신의 이름으로 사악한 마족들을 불태워 버리자!"

"와아아!"

흰색 법의를 걸친 사제의 외침에 시민들은 일제히 함성을 지르며 적의를 드러냈다.

공터 한복판에 설치된 십자가에는 채찍질로 온몸이 만신창이가 된 남성 마족 한 명이 매달려 있었다. 그의 발밑에는 장작이 수북이 쌓여 있고 뿌린 지 얼마 안 되는 기름 냄새가 위로 확 올라왔다.

"그러면 정화의 시간이 돌아왔습니다! 저주받은 마족을 지옥으로 떨어뜨립시다!"

사제는 성호를 긋더니 손에 들고 있던 횃불을 장작더미에 던지고 뒤로 황급히 물러섰다.

화르륵!

불길이 치솟으면서 십자가에 매달려 있던 마족을 순식간에 휘감았다. 시민들이 환호성을 지르며 광분하는 모습을 화형을 집도한 사제가 흐뭇한 표정으로 지켜보고 있다.

"신성한 징벌을 옆에서 지켜봐 주신 분들은 아무쪼록 성의를 받아 가시길 바랍니다. 자, 배급을 실시하도록!"

사제가 이끌고 온 복사(服事)들은 각자 짊어지고 온 거대한 짐 보따리를 풀었다. 그러자 불타는 십자가를 중심으로 모였던 시민들이 복사들 쪽으로 줄을 지어 우르르 몰려들었다.

시민들은 보따리 안에 있는 빵을 하나씩 받아가면서 행복한 표정을 지었다. 개중에는 한 조각의 빵이라도 더 얻기 위해 아이들을 줄줄이 대동한 이도 적지 않았다.

바로 옆에서 생살이 타들어가는 고약한 냄새가 퍼지고 있음에도 시민들은 아랑곳하지 않고 방금 전 얻은 빵을 그 자리에서 뜯어 먹기 시작했다.

'시민이라 하기도 뭐한 몰골이로군. 아무래도 빈민가에 있는 사람들만 모인 거 같은데?'

카일의 눈에 비친 이들의 옷은 여기저기 찢겨져 나갔거나 여러 번 기운 자국이 많았다. 아이들의 얼굴에는 땟물 자국이 남아 있고 대부분 맨발이었다.

'이런 쇼나 할 여유가 있으면 검문검색이라도 철저하게 할 것이지. 한심해.'

엘리서스 성을 들어갈 때와 마찬가지로 카일은 거대한 검을 등에 걸치고도 아무런 제지 없이 한 나라의 수도 안으로 들어갈 수 있었다.

애초에 검이라고 하기엔 너무나 거대했고, 검집에 들어간 검을 붕대로 둘둘 말아서 알아보기 힘들게 처리했다고 해도 말이다.

'그나저나 엘레힘 교단은 예나 지금이나 달라진 것이 하나도 없군. 참 예측하기 쉬운 집단이야.'

엘레힘 교단은 직접 나서서 마족과 싸우기보단 이런 식으로 마족에 대한 증오를 충동질하기에 바빴다. 그런 식으로 교세를 넓히는 동시에 전쟁터에선 성직자들의 치유 마법으로 막대한 돈을 긁어모았다.

용병 생활을 한 그는 고통으로 신음하는 부상병들을 앞에 두고 한 푼이라도 돈이 모자라면 아무렇지도 않게 치료를 거부하는 성직자들을 질리도록 봐왔다.

"빵을 더 달라!"

"우리 아이들은 아직 못 받았다고!"

군중 사이에서 고함 소리가 터져 나오더니 분위기가 돌연 험악하게 변했다. 아직 줄 서 있는 시민이 많음에도 준비했던 빵이 다 떨어지자 당장에라도 폭동을 일으킬 기세였다.

"자자, 진정하십시오! 오늘 있을 또 한 번의 성스러운 징벌 이후 여러분에게 배불리 먹고 남을 빵을 드리겠습니다!"

사제의 외침에 시민들은 언제 그랬냐는 듯 목소리를 낮추고 진정하기 시작했다.

"여러분도 잘 알다시피 케이브란스 성의 저주받은 저택에 사악한 뱀파이어가 머무르고 있습니다. 밤이면 모두의 눈을 피해 많은 이의 피를 빼앗아 죽음에 이르게 하는 그 사악한 마족을 오늘이야말로 처단할 때입니다."

'어? 뱀파이어?'

"이번에는 케이브란스 성의 용맹한 기사들과 함께합니다!"

사제는 왼손을 옆으로 내밀었다.

어느새 집결한 기사들이 다소 떨떠름한 표정으로 사제를 응시하고 있다.

"여러분! 저를 따라오십시오! 신의 이름이 얼마나 위대한지 여러분 앞에 증명해 보이겠습니다!"

말을 마친 사제는 복사들을 이끌고 서쪽을 향해 걸어갔다.

그들의 뒤를 기사들이 따라갔고, 빵을 배불리 먹을 수 있다는 말에 홀린 시민들이 우르르 몰려갔다.

혼자 남게 된 카일은 턱을 매만지며 생각에 잠겼다.

'혹시 그곳으로 가는 거 아냐?

5

카일이 페이서를 데리고 안개의 숲을 가던 도중 들은 소문은 다음과 같았다.

타락한 빛의 용사 페이서의 저택에 사악한 뱀파이어 여성 한 명이 머무르면서 케이브란스 성을 위협하고 있다는 내용이었다.

뱀파이어라는 단어와 여성이라는 말에 카일이 떠올릴 수 있는 것은 단 하나뿐이다.

고위 뱀파이어이자 한때 마족을 이끌던 수장 중 하나인

‘코델리아’.

빛의 용사로 활약하던 시절의 페이서는 수많은 여성을 매혹시켰고, 이종족인 코델리아 역시 예외는 아니었다. 결국 그녀는 마족의 수장 자리를 아무런 미련 없이 버리고 페이서를 따라 인간의 편에 섰다.

‘그런데 고작 이 인원으로, 그것도 이 정도 실력밖에 안 되는 기사들을 데리고 그녀를 어떻게 하겠다는 거야?’

수백 명의 정예기사를 불러도 상대가 안 될 것이 뻔함에도 사제 오스왈트의 자신감은 하늘을 찌를 듯했다.

그는 근 한 달 가까이 케이브란스 성에 꾸준히 신청했던 병력 요청이 통과된 것을 알고 기세등등하게 사람들을 불러 모았다.

많은 이가 보는 앞에서 기사들의 힘으로 뱀파이어 코델리아를 물리친다면 교단 내에서 자신의 입지가 확 올라갈 거란 기대 때문이다.

‘역시 여기였군.’

카일의 예상대로 페이서의 저택 앞에 멈춰 선 사제 오스왈트는 성호를 긋더니 품에서 무언가를 꺼내 양손에 쥐었다.

그의 오른손에는 작은 십자가가, 그리고 왼손에는 성수와 마늘 뭉치가 들려 있었다.

'아이고, 대책 없는 인간일세. 저런 걸로 퇴치될 뱀파이어 였다면 진작 물러났지.'

카일은 자신도 모르게 한숨을 길게 내쉬었다.

물론 아주 효력이 없는 건 아니다. 그러나 흔적만 남아 있는 허름한 저택에 머물고 있을 미족은 보통 뱀파이어가 아니었다.

'그나저나 역시 그 녀석을 안 데리고 오길 잘했어.'

거의 흉가나 다름없이 변한 자신의 저택을 본다면 그나마 조금씩 나아가던 페이서의 마음이 다시 망가질 가능성이 컸다. 자신의 집이 아님에도 보고 있는 것만으로도 카일의 마음은 착잡해졌다.

"모습을 나타내라, 사악한 뱀파이어여!"

사제 오스왈트는 너덜너덜하게 걸려 있는 철제 대문을 열고선 자신만만하게 외쳤다.

「날 찾는가?」

순간 짙은 안개가 주변에 깔리면서 여성의 목소리가 울려 퍼졌다.

「이곳은 너희 같은 하찮은 인간들이 함부로 발을 디딜 곳이 아니다. 당장 물러가라.」

고압적인 말투가 흉흉하게 변한 분위기와 맞물려 공포를 자아냈다. 시민들은 두려움에 떨며 조금씩 뒤로 물러서기 시작했고, 기사들의 대열이 눈에 띄게 흐트러졌다.

"두려워하지 마십시오! 신의 이름이 여러분과 함께하는 이 상 무서울 것이 없습니다!"

반대로 오스왈트는 십자가를 쥔 오른손을 앞세우고 한 걸음씩 저택 안으로 들어갔다.

시민들은 계속 뒤로 물러서는 가운데 기사들은 노골적으로 싫은 표정을 지으면서도 오스왈트를 따라가는 수밖에 없었다.

「내 말이 우스운가?」

여성의 목소리에 노기가 서리더니 발목까지 올라온 안개가 순식간에 핏빛으로 변해 버렸다. 그러자 시민들은 비명을 지르며 황급히 달아났고, 저택 입구는 아수라장이 되어버렸다.

"도망치지 마십시오! 사악한 사술 따위, 신의 이름 앞에는……."

"거치적거리니까 비켜."

어느새 오스왈트 등 바로 뒤에 나타난 카일은 귀찮다는 듯 그의 뒷덜미를 잡아채더니 휙 어깨 너머로 던져 버렸다. '쿵' 하는 소리와 함께 오스왈트는 땅바닥에 얼굴을 박은 채로 정신을 잃었다.

"아무튼 무식하면 민폐라니까. 어이, 당신들도 빨리 물러서는 게 좋을걸. 계속 이 핏빛 안개 속에 머무르고 있다간 힘이 다 빠져나갈 거야."

갑자기 나타난 카일의 말에 기사들은 순간 멈칫했지만, 그의 말대로 힘이 빠져나가며 다리가 후들거리자 후다닥 안개 밖으로 물러섰다.

페이서는 핏빛 안개 속을 아무렇지 않게 걸어가며 저택의 정문이 있는 곳까지 천천히 걸어갔다.

「너는… 보통의 인간이 아니로군.」

이제까지 저택에 접근하던 인간들과 달리 카일은 핏빛 안개 속에서도 자유롭게 움직였다.

"이거 수십 년 전에 썼을 때에도 나에겐 효과 없었잖아?"

「수십 년 전?」

"아, 페이서에게도 효과 없었지. 그 녀석 말고도 카트리나에게도…….."

「그분의 이름을 함부로 부르지 마라!」

그녀의 외침과 함께 카일의 발목 아래로 깔려 있던 안개가 갑자기 머리 위까지 올라왔다.

동시에 카일 주변을 둘러싼 안개가 액체로 바뀌더니 부글부글 끓어오르기 시작했다.

뜨거운 김이 카일을 중심으로 마구 뿜어져 나왔고, 강렬한 피비린내가 진동했다. 하지만 그는 양손을 옆으로 펼치더니 손바닥을 내보이며 아무렇지 않다는 제스처를 취했다.

"계속 시간 끌면 저 멍청한 사제가 정신 차린다고. 일이 복잡해지기 전에 빨리 끝내자. 이제 그만 모습을 드러내지그래?"

파다다닥.

저택의 정문이 살짝 열리더니 수십여 마리의 박쥐가 날갯짓을 하며 카일을 향해 날아왔다.

박쥐 떼는 카일의 머리 위에서 한동안 빙빙 맴돌더니 흩어졌다. 카일을 둘러싼 피가 다시 안개로 돌아갔고, 그의 앞에 모여든 박쥐 떼가 하나로 뭉치더니 여성의 형상으로 변하기 시작했다.

20대 중반의 외모를 지닌 여성은 카일에게 가까이 다가오더니 얼굴을 뚫어져라 노려보았다.

말총머리로 묶은 진홍색 머리카락이 허리 아래로 길게 내려왔고, 몸에 착 달라붙는 디자인의 드레스는 고혹적인 몸매를 여과 없이 드러냈다. 발끝을 감싼 붉은색 하이힐은 새하얀 피부를 제외하고 단 하나의 색으로 통일된 그녀의 이미지를 부각시켰다.

"넌 누군가?"

"오래간만이로군, 코델리아."

웬만한 인간 남성은 가까이서 그녀의 시선과 마주치는 것
만으로도 매혹되어 육체와 정신의 자유를 빼앗긴다. 그러나
카일은 자연스럽게 그녀의 이름을 말했고, 코델리아는 눈을
깜박이며 그와의 간격을 살짝 벌렸다.

"내 얼굴 기억 안 나? 페이서의 친구 카일이잖아."

"그분의 친구 카일?"

"벌써 날 잊어버린 거냐? 이백 살 넘게 나이 처먹어서 치매
가 온 건 아니겠지?"

6

코델리아는 이름을 밝힌 카일에게 순간 적대감을 드러내
며 살짝 입을 벌렸다. 아랫입술에 살짝 닿을 정도로 길게 자
라난 송곳니는 그녀가 뱀파이어임을 나타냈다.

"확실히 얼굴은 그 인간이 맞긴 한데……."

"이거까지 보여줘야 믿겠어?"

카일은 오른손 손바닥이 하늘을 향하도록 펼친 뒤 어둠의
불꽃을 위로 뿜어냈다.

"흑염의 기운이라……. 확실히 이 힘을 쓸 수 있는 인간은
내 기억에 단 한 명뿐이지. 하지만 그 인간은 현재……."

"성검 레디언스와 함께 제이블란트의 봉인이 완성되기까

지 20년 동안 석화되어 있어야 하지 않겠냐고 말하려고 했
지?”
　“그렇다.”
　“그 20년이 지나서 네 앞에 나타난 거다.”
　“그렇다면 진짜 카일인가?”
　“그놈의 죽일 듯한 눈빛은 여전하군. 하긴, 우리가 서로 웃
으면서 재회를 기뻐할 사이는 아니지. 안 그래?”
　코델리아가 페이서를 따라 인간의 편에 서겠다고 말했을
때, 마족이라는 이유 하나만으로도 쉽게 믿어서는 안 된다
며 그녀의 합류를 끝까지 거부한 사람은 다름 아닌 카일이
었다.
　막상 카일은 그녀가 진심으로 페이서를 따르고 있다는 걸
진즉에 파악했다. 하지만 코델리아와 페이서를 둘 다 아는 이
들이나 공감할 뿐, 대다수의 인간은 그걸 받아들이기는 고사
하고 마족인 그녀와 함께 있는 페이서를 좋지 않은 눈으로 바
라볼 것이 뻔했다.
　당시 코델리아의 입지를 고려한다면 페이서의 동료 중 누
군가 한 명은 그녀의 합류를 거부해야 했고, 그 악역을 맡은
이가 바로 카일이었다.
　결국 코델리아는 페이서로부터 떠나 그녀처럼 마족에서 인
간 편으로 돌아선 자들과 전쟁에 참여해야 했다. 그렇게 1년

이 지난 후에야 코델리아는 진정으로 귀순을 인정받고 페이서의 곁에 머무를 수 있었다. 물론 그렇다고 그녀의 합류를 가장 마지막까지 거절했던 카일에 대한 감정이 누그러진 건 아니었다.

"내 이야기는 이쯤 하도록 하고, 혹시 페이서가 돌아오기를 기다리며 여기에 계속 머물고 있는 거야?"

"그렇다. 난 그분이 풀려나면 반드시 이곳에 들를 거라 생각하고 기다리는 중이다."

"몇 년째인데?"

"고작 5년밖에 되지 않았다."

고작라는 단어에 카일은 말문이 막혀 버렸다.

오랜 세월을 살아가는 뱀파이어의 특성상 시간관념 자체가 인간과 다른 게 당연하지만, 도저히 적응되지 않는 건 어쩔 수 없었다.

"직접 감옥에 들어가 구출할 생각은 해보지 않고?"

"인간들에게 마족이라 불리는 내가 그렇게 행동한다면 그분에게 씌워진 모함이 해명되기는커녕 확실해질 거라 여겨서 차마 그러진 못했다."

"나라면 그런 거 따지지 않고 우선 구해낸 다음 어떻게 할지 생각했을 텐데 말이야. 하긴 넌 인간이 아니니 괜히 나섰다간 네 말대로 일이 더 꼬일 수도 있겠군."

　페이서에 의해 구원받은 인간들이 그를 나락에 떨어뜨린 것에 반해, 막상 마족인 그녀가 여태까지 페이서를 잊지 못하고 그의 저택을 지키고 있다는 사실에 쓴웃음이 절로 나왔다.

　"그런데 말이야, 그 녀석 이미 십 년 전에 감옥에서 풀려났거든?"

　말이 끝나기가 무섭게 코델리아는 카일의 멱살을 두 손으로 움켜쥐었다.

　"그분이 풀려났다고?"

　"진짜 몰랐나 본데. 타이밍 한번 고약하군. 그러면 5년 동안 여기서 계속 그 녀석을 기다린 거야?"

　"그분은 무사한가? 말해봐라!"

　코델리아는 멱살을 움켜쥔 손에 힘을 주었지만, 카일 역시 흑염의 기운으로 몸을 감싸 그녀의 힘을 버텨냈다.

　그렇게 침묵 속에서 둘 간의 힘겨룸이 계속되었다. 결국 먼저 물러선 쪽은 페이서의 이야기를 들어야 하는 코델리아 쪽이었다.

　"다시 묻겠다! 그분은 무사한가?"

　"사지는 멀쩡히 붙어 있긴 한데… 솔직히 상태가 좋다고는 말 못하겠다. 십 년 동안 감옥에 갇힌 것도 있지만 그 외 여러 가지 일을 겪어서 상당히 망가진 상태였어. 몸과 마음 모두."

카일은 표정을 일그러뜨리며 동쪽을 향해 고개를 돌렸다.

빛의 용사를 순식간에 반역자로 떨어뜨린 자들이 모여 있는 왕궁을 그는 매서운 눈으로 노려보았다.

"너도 알다시피 그 녀석이 살던 저택이 이 모양 요 꼴이 되어버렸는데 본인은 오죽하겠어? 모든 걸 잃어버린 거나 마찬가지였어."

"거짓말을 하는 건 아니겠지?"

"해봤자 내가 얻는 이득은 없어. 나도 그 녀석이 멀쩡하길 바랐다고."

"하아……."

코델리아는 허망한 표정으로 하늘을 바라봤다.

원래 속했던 마족에서도, 그리고 귀순한 인간들에게도 결국에는 배척받아야 했던 그녀가 살아 있는 목적 하나는 언젠가 돌아올 거라 믿어 의심치 않는 페이서였다.

그가 풀려났다는 기쁨보다 망가져 버렸다는 슬픔이 그녀의 감정을 지배했다. 직접 보지는 못했지만 되레 그렇기 때문에 자꾸만 최악의 경우만 머릿속에 연달아 떠올랐다.

"그래서 내가 널 찾아온 거다."

카일은 애써 감정을 가라앉히고 담담한 어조로 말을 이어갔다.

"어떻게 되든 간에 페이서는 현재 살아 있잖아? 그리고 다행인지 불행인지 모르지만 마족과 몬스터들이 다시 날뛰기 시작했어. 그 녀석이 다시 부활해서 활약할 판이 마련된 셈이지."

영웅은 혼란 속에서 탄생하며, 어둠 속에서 가장 빛을 발하게 마련이다. 하지만 기껏 찾아온 평화가 영웅을 원치 않는 세계라면 차라리 깨지는 게 낫다고 카일은 스스로를 납득시켰다.

"페이서 곁에 머물러 줘. 그리고 그 녀석을 다시 빛의 용사로 부활시켜 주길 부탁한다."

뱀파이어가 되자마자 뱀파이어만의 능력을 모두 발휘할 수 있는 것은 결코 아니다.

그들에게 신의 제한을 벗어난 생명이 주어지는 이유는 다름 아닌 그들만의 능력을 오랜 시간 동안 제대로 익히고 단련하기 위해서이다.

200년이 넘는 시간 동안 뱀파이어로 살아온 코델리아는 생명체가 지닌 모든 힘과 능력의 근원인 마나를 살아온 시간만큼 단련해 왔다.

특히 그녀가 페이서와 일대일로 싸울 당시 사복검 '블러드레인(Blood rain)' 으로 보여준 검술은 카일도 감탄할 정도였다.

그녀가 오랜 시간 동안 얻은 경험을 토대로 이미 식어버린 페이서를 제련한다면 빛의 용사는 되지는 못하더라도 사람들 앞에 다시 나타날 수 있을 거라 생각했다.

"이젠 네가 그 녀석을 구원해 줄 차례야."

"내가 할 수 있을까?"

"난 가능하다고 믿는 쪽이지만, 그것과 별개로 페이서를 찾아갈 이유는 충분하잖아? 5년이나 이곳에서 홀로 그 녀석을 기다린 보람을 이젠 찾아야지."

코델리아는 입을 다문 채로 고개를 끄덕거렸다.

그를 바라보는 눈빛에 적개심은 다소 사라졌지만 특유의 날카로운 눈매 때문에 카일의 눈에는 여전히 노려보는 것으로만 비쳤다.

"페이서는 안개의 숲에 있으니 가급적 빨리 찾아가도록 해. 난 들를 곳이 더 있어서 같이 갈 수 없어."

"알겠다."

"이제 남은 건……."

카일은 대문 쪽으로 몸을 돌렸다.

그러자 어느새 깨어난 오스왈트가 부들부들 떨면서 십자가를 쥔 오른손을 앞으로 내밀었다.

"사, 사악한 마족을 데리고 어디로 가느냐?"

"어이쿠, 이제 깨어나셨나?"

카일은 비웃는 표정으로 오스왈트에게 바짝 다가갔다. 그러자 화들짝 놀란 오스왈트는 엉덩방아를 찧더니 왼손에 들고 있던 횃불을 마구 휘저었다.

"말로 할 때 그냥 물러서. 너희 전부가 동시에 덤벼도 상대 안 돼. 이 여자가 진심으로 나온다면 나라 할지라도 이기는 건 포기하고 비기는 쪽을 택할 걸?"

"넌 누구냐?"

"카일."

그러나 오스왈트는 물론 시민들도 전혀 알아보지 못했다.

'내 인지도가 이렇게나 떨어질 줄은 몰랐네. 역시 내 이름 앞에는 페이서라는 수식어를 붙여야 알아보나?

하지만 굳이 페이서의 이름을 언급해 혹시라도 일을 복잡하게 만들고픈 마음은 없었다. 코델리아를 페이서의 곁에 가도록 설득한 지금 남은 건 '약속' 하나뿐이었다.

"이것 좀 빌리도록 하지. 아, 요것도."

페이서는 오스왈트가 들고 있는 횃불을 빼앗아 오른손에 들었다. 그리고 옆에 놓여 있던 기름통을 발끝으로 살짝 걸어 차 위로 띄워 올리더니 왼팔을 둘러 붙잡았다.

다시 저택 안쪽으로 들어가는 카일의 뒷모습이 코델리아

에게 심상치 않게 보였다. 그녀는 다급하게 카일의 오른팔을 붙들었다.

"지금 뭐 하는 짓인가?"

"보다시피. 대충 짐작 가지 않아?"

"이곳은 그분이 마지막으로 돌아올 곳이다. 네가 그분의 친구라고 해도 이런 짓은 용납할 수 없다."

"그 녀석의 부탁이었어."

"……."

부탁이라는 단어에 코델리아는 손의 힘을 풀었다.

저택의 정문 앞으로 홀로 걸어간 카일은 엄지손가락으로 기름통에 구멍을 내더니 안에 있는 기름을 뿌렸다.

그리고 한 걸음 뒤로 물러서더니 오른손에 쥐고 있던 햇불을 휙 내던졌다.

화르르륵!

페이서의 가문인 라이트가의 저택이 일순간 불길에 휩싸이며 활활 타오르기 시작했다.

'이제 이걸로 충분하겠지, 페이서?'

카일은 안개의 숲을 떠나기 전 진지한 표정으로 자신의 저택을 불살라 달라던 페이서의 얼굴을 떠올렸다. 이것은 '더 이상 모르드 왕국과 나는 관계없는 사이'라는 페이서 나름대로의 선언이었다.

카일은 왼쪽 입술 끝을 살짝 올리는 특유의 미소를 지으며 돌아섰다. 그는 불타오르는 저택을 뒤로하고 앞으로 걸어갔다. 나중에 보자는 뜻으로 왼손을 들자 코델리아는 고개를 끄덕이고는 박쥐 떼로 변해 하늘을 향해 날아올랐다.

저택 위로 피어오르는 회색 연기를 중심으로 박쥐 떼가 빠른 속도로 빙빙 돌더니 남쪽을 향해 줄을 지어 날아갔다.

사람들은 자신들의 머리 위를 스쳐 지나가는 박쥐 떼에 화들짝 놀라 서로 뒤엉키며 쓰러졌다. 그 사람들 사이를 카일은 낮게 웃음을 터뜨리며 지나갔다.

"하하, 하하하."

20여 년 전, 전쟁이 막바지에 들어섰을 당시 페이서와 함께 방문했던 라이트가의 저택은 귀족의 집답지 않게 소박하면서도 아름다운 곳이었다.

잘 정돈된 정원에 테이블을 놓고 차를 마시던 페이서와 동료들의 모습엔 희망이 가득 찼다. 가문 대대로 이어온 용사라는 운명을 페이서는 기꺼이 받아들였고, 모국을 지키기 위해 그 어떤 위험과 좌절 앞에서도 굴하지 않았다.

하지만 그 용사를 그의 모국은 가차 없이 버렸고, 용사였던 남자는 결국 모국에 대한 집착을 20년이 흐른 지금에야 버렸다.

자신들을 구원해 준 용사를 필요가 없다고 내친 모르드 왕

국의 미래를 불타오르는 페이서의 저택이 대신 보여주는 듯
했다.

7

엘레힘 신성력 1325년 11월 5일.

페이서가 홀로 안개의 숲에서 지낸 지 한 달이 되었다.

카일이 떠난 며칠간은 멍하니 오두막에 누워 지냈지만, 이
내 정신을 차린 페이서는 몸을 단련하기 위해 구슬땀을 흘렸
다.

불을 때기 위한 장작을 매일 패고, 달리기나 팔굽혀펴기 같
은 기초 체력을 기르기 위한 운동을 매일 땀범벅이 될 때까지
반복했다. 술을 보상으로 카일이 매일 실시하던 저녁거리용
고기를 마련하는 훈련도 스스로 모래시계를 놓고 거르지 않
았다.

그 결과 불룩 튀어나왔던 배는 언제 그랬냐는 듯 홀쭉 들어
갔고, 이젠 옛날처럼 근육이 자리 잡기만을 기다리는 중이다.

"이런 곳에 숨겨놨구나."

페이서는 오두막 옆 호수에서 젖은 옷을 손으로 짜 물기를
빼냈다. 그의 옆엔 방금 전 호수 바닥에서 건져 올린 술통 하

나가 놓여 있었다.

훈련에 집중하는 와중에도 페이서의 술에 대한 욕구는 완전히 사라지지 않았다. 결국 우거진 수풀을 매일 뒤지다가 지친 나머지 몸을 씻으려고 호수에 뛰어들었다가 발견했다.

하지만 바닥에 가라앉은 술통을 밖으로 꺼내긴 여간 힘든 일이 아니었다. 수심이 생각보다 깊어서 물속에서 직접 꺼내긴 불가능했고, 밧줄을 가지고 깊이 잠수해 술통을 묶은 뒤 밖에서 끌어내는 방법을 택했다.

물론 깊이 잠수하는 것 자체만으로도 꽤 버거웠다. 연달아 실패하며 코와 입으로 들어온 물을 호숫가에 주저앉아 토하기를 수도 없이 반복했다.

그러는 와중에 폐활량이 엄청나게 늘어났고, 다른 훈련의 효율까지 높아졌다.

"그러면……."

페이서는 물기를 짜낸 윗도리를 나뭇가지에 걸쳐 놓은 후 이런 때를 기다리며 준비해 놓은 술잔을 집어 들었다.

술통의 마개를 열고 조심스레 옆으로 기울여 맥주를 따랐다. 술잔에 맥주와 함께 새하얀 거품이 서서히 차오르더니 정확하게 술잔 입구에서 멈췄다.

"카일, 미안."

페이서는 멀리 있을 친구를 향해 술잔을 들어 올린 뒤 그대로 들이켰다.

꿀꺽꿀꺽.

그는 한 차례도 쉬지 않고 맥주를 들이켰다. 오래간만에 마시는 술이라 그런지 취기가 확 돌았다.

"휴우."

단숨에 잔을 비운 페이서는 손등으로 입가에 묻은 거품을 닦아냈다. 그리고 술통을 양손으로 붙들었다.

"으으윽……."

몇 달 전까지만 하더라도 술이 가득 담긴 나무통을 혼자 들어 올린다는 건 어림없었지만 그동안 단련한 덕분에 힘겹게나마 성공할 수 있었다.

그는 뒤뚱거리는 걸음으로 호수 가까이 걸어가더니 아무런 망설임 없이 호수 안으로 도로 던져 버렸다.

"이 정도라면 그 녀석도 이해해 주겠지?"

페이서는 술에 대한 유혹을 완전히 끊는 것보다 절제할 수 있는 마음가짐이 더 중요하다는 걸 깨달았다.

물론 물 아래로 가라앉는 술통을 바라보며 아까운 생각이 아주 안 들지는 않았다. 그래도 이런 식으로 미련을 떨칠 수 있게 된 것만으로도 그에겐 나름 큰 성과였다.

"아, 역시 어지러워."

페이서는 나무에 등을 걸치고 그대로 주저앉았다. 그리고 지난 몇 달간의 일을 떠올리며 길게 숨을 내쉬었다.

모든 걸 포기하며 하루하루 술에 절어 지내던 자신 앞에 기적같이 옛 친구가 옛날 그대로의 모습으로 나타났다. 그리고 손을 내밀며 다시 한 번 도약할 기회를 선사했다. 생각하면 할수록 고마울 뿐이다.

"그러고 보니 지금쯤 코델리아 님을 만났을까나."

마족이어서가 아니라 이미 사랑하는 여성이 따로 있었기 때문이지만, 코델리아의 마음을 받아들이지 못한 것을 페이서는 뒤늦게 후회했다.

그리고 그녀의 마음 자체를 한동안 잊고 있었다는 사실 자체가 부끄러웠다. 십 년간의 수감 이후 제대로 된 상태가 아니었다고 해도 자신을 위해 마족임에도 인간의 편에 서기로 한 그녀만큼은 절대 잊어서는 안 되었다.

"지금의 나에게 코델리아 님을 만날 자격이 과연 있을까?"

암흑의 화신 제이블란트가 봉인된 이후, 당신을 사랑했다는 사실만큼은 잊지 말아달라며 사라지던 코델리아의 뒷모습이 눈앞에 아른거렸다.

가슴속에 아련한 감정이 피어오르자 페이서의 눈가에 뭔가가 고이기 시작했다. 그는 눈가를 닦아내기 위해 오른손을 들어 올렸다.

그리고 순간 동작을 멈췄다.

"어……."

감옥에서 풀려난 이후 다시는 나타나지 않던 빛이 페이서
의 오른손에서 피어올랐다.

Chapter 06
서로 다른 선택

1

엘레힘 신성력 1325년 11월 11일.

베르틴 왕국 최고의 유흥가 마르겐 거리.
술과 여자, 그리고 다양한 종류의 쾌락을 얻길 원하는 이들의 발길이 수시로 머물던 마르겐 거리는 요 근래 흉흉해진 대륙 분위기로 인해 때 아닌 불경기를 맞이했다. 거리 자체의 수입이 대거 줄어든 여파로 적지 않은 수의 가게가 문을 닫았고, 사람으로 북적이던 거리는 뒷골목의 빈민이나 고아들을 제외하면 도통 인적을 찾아보기 힘들었다.

그 대신 전에 없던 '누군가' 의 봉사로 인해 다른 부분에서 활기차게 움직였다.

"자자! 음식은 충분히 있으니 새치기하지 말고 줄을 서세요!"

마르겐 거리 깊숙한 골목에 많은 수의 빈민이 몰려들어 식사 배급을 받고 있었다. 그들은 평소 구걸이나 도둑질로 간신히 얻어낸 딱딱하게 굳은 빵이 아닌, 갓 구워내 따끈따끈하고 손으로 쉽게 찢어지는 빵 한 바구니를 받고서 행복에 겨워했다.

"조금만 기다리세요! 수프가 마저 다 끓으면 배급 다시 시작합니다!"

빵 배급 장소 바로 옆엔 커다란 냄비에서 김이 모락모락 피어오르고 있었다. 각자 그릇과 숟가락을 든 아이들은 주변으로 퍼지는 수프 향기에 침을 꿀꺽 삼키며 자기 차례가 빨리 돌아오기만을 기다리고 있었다.

점점 다가오는 전쟁의 위기와는 정반대로 빈민가 뒷골목엔 활기가 넘쳐나고 있었다. 그런 모습을 카일과 카트리나는 멀찌감치 떨어져 흐뭇한 표정으로 바라보고 있었다.

"저 대머리에게 이런 면이 있을 줄 몰랐는데?"

카일은 빵을 나눠 주는 덩치 큰 사내 중 유일하게 눈에 띄는 대머리의 남자를 바라보며 고개를 갸웃거렸다.

　"저도 그분의 사정을 알기 전까진 이렇게까지 도와주실 줄
은 꿈에도 몰랐답니다."

　"무슨 사정이기에?"

　"코르테스 님은 지난 전쟁 때 부인과 자식을 모두 잃었답
니다. 마차를 얻어 탈 돈조차 없어서 걸어서 피난가다 그만
불행히도……."

　"그래서 악착같이 돈을 벌어 대부호가 되었다는 이야기로
군. 진부하긴 해도 꽤나 안타까운 이야기일세. 쩝."

　거의 넉 달 전, 카트리나를 첩으로 삼겠다며 덩치들을 대동
하고 나타났던 코르테스의 거들먹거리던 얼굴과 지금 고아들
을 앞에 두고 활짝 웃는 모습이 동일인이라 생각하기 힘들 정
도였다.

　"저도 미처 몰랐는데, 제가 20년 전 전쟁에 참여했던 그 카
트리나인 줄은 꿈에도 상상 못했대요."

　"그래? 알고 그런 게 아니었어?"

　"그리고 아까 말한 대로 처자식을 모두 잃고 절망에 빠졌
을 때, 우연히 제 노래를 들었답니다. 그때 희망을 얻고 어떻
게든 살아야 하겠다고 결심했다고 하더군요."

　"그러면 진작 저렇게 선행을 베풀 것이지 그동안은 왜 악
덕 부호처럼, 아니, 왜 악덕 부호 그 자체였대?"

　"이런 쪽에서 제대로 일하려면 만만하게 보여서는 안 된다

고 하더군요. 그리고 돈이 쌓이다 보니 어느새 돈으로 뭐든지 해결할 수 있다는 사고방식으로 바뀌었대요."

전쟁이 일어날지도 모른다는 위기감이 마르겐 거리를 덮치자 평소에도 장사가 잘 안 되던 가게부터 문을 닫기 시작했다.

카트리나가 머물던 술집 역시 예외는 아니었다. 가게 주인이 야반도주하고 몇 안 되는 점원마저 떠난 술집에 찬바람을 피해 고아들이 하나둘씩 모여들었고, 카트리나는 그런 애들을 그냥 보고만 있을 수 없어서 여기저기 손을 벌렸다.

그러나 돌아오는 건 '나도 먹고살기 힘들다'는 대답뿐이었다. 결국 카트리나는 뭔가를 각오하고 마르겐 거리 옆에 있는 코르테스의 대저택을 방문했다.

카트리나는 마침 엘레힘 교단의 사제를 대문 앞에서 맞이하던 코르테스를 만날 수 있었다. 우연히도 사제는 그녀를 기억했고, 동시에 교단에서 추방된 자 따위 당장 눈앞에서 사라지라며 호통을 쳤다.

하지만 코르테스는 카트리나란 단어에 '성녀님!' 이라 외치더니 엎드려 절을 했다.

"자기 몸 하나 제대로 추스르지 못한 제가 그땐 어떤 정신으로 코르테스 님을 찾아갔는지 모르겠어요."

"그래도 결과가 좋으니 문제없잖아? 첩이 될 위기도 벗어났고.”

　카트리나를 구박했던 사제는 코르테스의 부하들에 이끌려 저택에서 쫓겨났고, 그전까지 교단에 정기적으로 기부하던 성금 역시 끊어버렸다. 대신 코르테스는 마음속의 영원한 ‘성녀’를 따라 빈민가에 빵을 들고 찾아갔다.

　“그런데 이런 식으로 도와줘도 언젠간 한계가 올 텐데, 그땐 어떻게 할 거야? 여자와 노인들은 모르겠지만 어린 남자애들은 분명히 강제로 징집될 거라고.”

　카일의 지적에 카트리나는 두 눈을 지그시 감았다.

　전쟁터에 끌려온 고아들은 단기간의 훈련만 받고 실전에 투입되곤 했다. 무기조차 제대로 지급받지 못한 상황에서 시간 끌기용으로 기사나 병사들을 대신해 죽어나가는 모습을 카일과 카트리나는 적지 않게 봐왔다.

　“모두 피난시키는 게 불가능하다면 연줄이 있는 용병단과 이야기를 해보겠다고 코르테스 님이 말씀했어요. 물론 거기에 들어갈지 아닐지는 모두의 자유에 맡긴다고 하셨답니다.”

　“흐음, 제대로 된 용병단이라면 정규군보다 확실히 나을 수도 있지. 말이 나온 김에 나도 어떻게든 도와주고 싶지만, 20년 넘게 시간이 흘러서 내가 아는 사람들이 있으려나 모르겠어.”

“가능하다면 전쟁 그 자체가 빨리 끝나거나, 다시 잠잠해지길 바라는 수밖에 없어요.”

“나는⋯⋯.”

카일은 도중에 말을 끊고 침묵을 지켰다.

전쟁이 빨리 끝나길 원한다는 카트리나의 말은 전쟁의 판이 더욱 커지길 바라고 있는 그의 생각과 정면으로 충돌했다.

이런 상황에서 그가 할 질문에 돌아올 대답은 뻔했다.

하지만 이대로 계속 입을 다물고 있을 수만은 없었다.

카일은 심호흡을 한 번 한 뒤 고개를 살짝 들어 올렸다.

“카트리나, 다시 한 번 동료들과 함께하지 않겠어?”

이번에는 그녀가 입을 굳게 다물었다.

분위기가 무거워지면서 두 사람은 서로의 시선을 피했다. 어떤 대답이 돌아올지 아는 입장과 그 대답만을 선택해야 하는 처지가 침묵을 만들어냈다.

그렇게 두 남녀가 서로 정면만을 바라보는 가운데 10분 정도 지났을까, 카트리나가 천천히 고개를 가로저으며 말했다.

“미안해요, 카일.”

2

카트리나의 대답 이후 침묵이 다시 이어졌다.

카일은 고개를 돌려 그녀를 바라보았다. 20년 만에 재회했을 때에 비해 확실히 건강해 보였다. 표정만은 안타까웠지만.

"전 아직도… 두렵답니다. 이전처럼 원치 않은 타인의 기대감 속에 갇혔다가 버림받는 게 무서워요. 지금 이 정도에서 더 깊게 파고드는 건 원치 않아요. 참 이상하죠?"

"그게 네 선택이라면 어쩔 수 없지."

카일이 석화된 20년 동안 세 동료는 각자 다른 길을 걸어갔다.

공통적으로 몰락이라는 운명을 맞이했지만, 그것을 벗어나기 위한 갈림길 앞에서 모두 같은 선택을 한다는 보장은 없었다.

"혹시라도 나중에 마음이 바뀌면 안개의 숲으로 찾아와. 우리 네 사람, 한 번쯤 모두 모이는 것도 나쁘지 않잖아?"

"정말 미안해요."

"미안하다는 소리를 듣고 싶은 게 아니야. 반대로 네가 스스로 의지를 갖고 뭔가 하는 모습을 보니 오히려 고마울 정도지."

예전에 비해 활기가 넘치는 그녀를 본 것으로 카일은 만족하기로 결심했다.

"그러고 보니 그곳엔 안 가나요?"

"제럴드가 있는 마탑?"

"당신이 머물던 고아원 말이에요."

그녀의 말을 들으니 음식을 배급받고 있는 빈민들의 모습이 어릴 적 고아원에 머물렀던 추억과 겹쳐져 눈앞에 아른거렸다.

입 하나라도 줄이고자, 동시에 고아원의 운영비에 보태기 위해 용병단으로 떠나던 날, 걱정스러운 표정으로 배웅해 준 보모와 울먹이던 아이들의 얼굴이 흐릿한 흑백의 이미지로 떠올랐다.

"제럴드를 설득한 뒤에 가보려고."

마음 같아서야 지금 당장 고아원을 방문하고 싶지만, 우선은 뜻이 맞는 옛 동료들을 한곳에 모으는 게 시급했다. 그런 의미에서 카트리나가 자신과 다른 길을 택했다는 게 다시금 아쉬웠다.

"카일."

"말해봐."

"지금 와서 당신에게 이런 말 꺼내긴 이상하지만, 저와 단둘이서 먼 곳으로 떠나지 않겠어요?"

카트리나는 조심스럽게 오른손을 옆으로 뻗어 나란히 서

있는 카일의 왼손을 살며시 움켜쥐었다.

"바다 건너 남쪽으로 계속 내려가면 새로운 대륙이 있다는 이야기를 들은 적이 있어요. 아무도 저희를 알지 못하는 새로운 땅에 가서 새 삶을 살아보지 않겠어요?"

카트리나는 20년 넘게 가슴속에 품어두었던 말을 용기내서 꺼냈다.

카일이 성검 레디언스를 거리낌 없이 쥐었을 당시에도, 그리고 20년 후 재회했을 때에도 꺼내지 못한 말이다.

"전쟁이 없는 곳이라면 어떤 삶을 살든 간에 당신과 함께하고 싶어요."

카트리나는 오른손에 힘을 살짝 주었다.

하지만 카일은 아무런 미동도 없이 그저 정면만을 바라보았다.

"역시 안 되는군요."

"미안, 카트리나."

카트리나는 손의 힘을 빼고 카일의 왼손을 놔주었다.

그리고 고개를 왼쪽으로 돌렸다. 지금 그녀의 눈가에 고인 무언가를 그에게 보여줄 수 없었기에.

"대신 한 가지 약속할게."

이번에는 카일이 카트리나의 손을 움켜쥐었다.

"너에게 위험이 닥친다면 어디에 있든 언제든지 널 구하러 오겠어. 그 어떤 벽이 날 가로막더라도.”

카트리나는 여전히 고개를 옆으로 돌리고 있었지만 입은 미소를 띠고 있었다.

“그러면 떠나기 전에 네 노래나 한번 들어볼까?”

험난한 전투가 쉬지 않고 이어지던 당시 카트리나의 노래만큼 카일에게 위안을 준 건 없었다.

“잠시만요.”

카트리나는 손으로 눈물을 마저 훔친 뒤 앞으로 한 걸음 나갔다. 그리고 왼손을 옆으로 내밀고 오른손을 가슴에 얹고서 고개를 들었다.

“성가는 오래간만에 불러서 잘될지 모르겠네요.”

카트리나는 몇 번 헛기침을 하며 목을 가다듬더니 노래를 시작했다.

맑고 아름다운 목소리가 울려 퍼지자 배급을 받기 위해 모여 있던 빈민들이 줄에서 벗어나 그녀 주변으로 하나둘 모여들기 시작했다. 어느새 카트리나의 앞에 불쑥 나타난 코르테스는 황홀한 표정을 지으며 그녀의 목소리를 음미했다.

어린아이들은 해맑은 표정으로 카트리나의 노래를 들었고, 나이 든 노인들은 엄숙한 표정으로 성호를 그었다.

카일은 두 눈을 감고 카트리나의 목소리에 집중했다.

20년 전, 모두 젊던 시절의 회상이 어두워진 시야에 떠올랐다. 정의감이 넘치던 페이서, 냉철하면서도 따스한 이면을 지닌 제럴드의 청년 시절 모습이 차례대로 떠올랐다.

그들의 시선이 모인 곳에서 카트리나가 노래를 불렀다. 힘든 전쟁 속에서도 그녀는 항상 미소를 지었다.

하지만 회상 너머 현실 속의 카트리나는 웃지 않았다. 카트리나의 꼭 감은 눈 아래로 두 줄기의 눈물이 천천히 흘러내리고 있었다.

3

엘레힘 신성력 1325년 11월 20일.

처음 찾아갔던 순서와 정반대로 마지막에 마탑에 도착한 카일은 이전에 비하면 상당히 까다로워진 방문 절차에 지루함을 느꼈다.

이전에는 무기를 경비병에게 맡기고 방명록만 작성하면 끝이었지만, 지금은 일단 무기를 소지했다는 이유만으로도 마탑 입구에서 대기해야만 했다.

'이게 정상적인 절차이긴 하지.'

마탑이란 마법사들의 연구 자체가 녹아들어 있는 공간이

다. 전쟁 당시엔 조금이라도 더 효율적이고 강력한 마법을 연구하기 위해 많은 마법사가 밤낮을 가리지 않고 연구에 매진했다. 그들 중 실전에 익숙한 자는 책을 덮고 직접 전장에 뛰어들었다. 그중 한 명이 바로 카일의 동료이자 인간을 구한 세 영웅 중 한 명인 제럴드이다.

카일은 이런 마탑의 출입이 엄격했음을 기억해 냈다. 그렇다 쳐도 한 시간이 넘도록 제럴드를 만나지 못하고 마탑 앞에 홀로 서 있는 건 참으로 지루했다.

장난삼아 슬그머니 옆에 세워놓은 자신의 대검에 손을 뻗자, 경비병들의 눈빛이 매섭게 변했다. 확실히 전쟁의 분위기가 무르익은 지금의 공기는 몇 달 전과 비교해 사뭇 달랐다.

"오래 기다렸습니까?"

약간 가라앉은 목소리에 카일은 입구 쪽으로 몸을 돌렸다.

"오래간만이라 하기엔 너무 이른가?"

"그러게 말입니다."

카일은 두 팔을 펼치더니 제럴드를 격하게 껴안았다.

이전에 만났을 때의 좌절감과 실망과는 다른 감정이 그의 마음속에서 피어올랐다.

"혹시 바쁜데 내가 굳이 불러낸 건 아니겠지?"

"그건 아닙니다. 그러면 제 연구실로 가서 이야기를 나눌

까요?”

＊　　　＊　　　＊

　이전 방문했을 때의 방보다 배는 넓은 새 연구실로 들어온 카일은 주위를 두리번거렸다.

　여전히 깔끔하게 정리된 공간은 제럴드의 성격을 고스란히 드러냈다. 단, 왠지 모르겠지만 방 안에 활기라는 게 느껴진다는 점이 예전과 달랐다. 물론 제럴드의 행동도 의욕이 가득 차 있었다.

　“이 많은 걸 혼자 다 정리한 거야?”

　카일은 탁자 위에 수북하게, 그러나 조금의 흐트러짐도 없이 차곡차곡 정리된 두루마리들을 보며 감탄했다.

　“현재 저 말고 과거 전쟁을 직접 겪은 사람이 마탑 안에 없는 관계로 별수 없이 떠맡게 되었지요.”

　“그 많은 마법사 중에?”

　“과거 전쟁에서 살아남거나 공을 세운 이는 모두 더 좋은 마탑으로 옮겨 가거나 궁정마법사 자리를 하나씩은 꿰차고 있으니까요.”

　“그 커투스란 놈은?”

　제럴드는 대답 대신 가볍게 웃으면서 카일에게 찻잔을 내밀었다.

카일은 모락모락 피어오르는 김 위에 코를 대고 두 눈을 감았다. 감미로운 차의 향기를 맡는 것만으로도 마음이 안정되었다.

"덕분에 요즘 일이 넘쳐날 정도로 몰려서 곤란하답니다."

"그런 것치곤 꽤 여유로운데?"

"곤란하다고 했지 처리 못한다고는 말하지 않았습니다."

제럴드는 안경테를 위로 살짝 들어 올리며 말했다.

"그렇다 해도 결국 단순 작업에 불과하잖아. 경비병들 반응을 보아하니 널 대하는 태도도 그다지 달라지지 않아 보이고. 지금은 널 다시 만났을 때와 상황도 다른데 왜 구태의연하게 이런 곳에서 썩고 있어?"

"제가 멋대로 이곳을 떠나면 당신이 절 찾기 힘들지 않습니까?"

"아, 그런 이유였어?"

군더더기 없이 명료한 답변에 카일은 눈을 깜박거렸다.

순간 제럴드가 20년 전 한창 젊었을 적의 모습으로 보였기 때문이다.

"제럴드 너, 그사이에 성격이 꽤 변한 거 같다?"

"잊으셨습니까? 지금 보이는 모습이 원래의 저입니다."

"하긴 그랬지."

과묵해 보이는 외모와 달리 의외로 할 말은 하면서도 날카롭게 요점을 콕콕 짚어내는 대화 방식은 제럴드의 것이다.

"그러면 지난번 못다 한 이야기나 몰아서 해볼까? 그땐 아무래도 오래 머무를 분위기가 아니어서 말이지."

4

감미로운 차 향기가 가득 찬 연구실에서 두 남자의 이야기는 계속 이어졌다.

처음에는 전쟁이 한창 진행되던 당시의 이야기를 추억 삼아 끄집어냈고, 가끔씩 가벼운 웃음소리가 대화 도중 터져 나왔다.

카일은 20년이라는 시간을 석화된 상태에서 보냈기에 전쟁이 끝난 이후의 이야기는 자연스레 제럴드의 지나간 아픔을 주제로 삼아 진행되었다.

암흑의 화신 제이블란트의 봉인 이후 알게 된 약혼녀의 죽음, 그리고 비오는 날 그녀의 비석 앞에 오열하던 아픈 기억을 제럴드는 담담한 어조로 말했다.

그 뒤 몇 차례 반복된 과오를 설명할 때엔 제럴드의 입가에 자조 섞인 웃음이 자리 잡았다. 결국 전쟁 때 쌓은 공을 과로 치환하는 조건으로 마무리됐지만 종착점은 마탑의 말단 선생 이라는 말로 제럴드의 과거 회상은 끝났다.

그러자 카일은 제럴드를 만난 이후의 일을 이야기했다. 술집의 가수로 살아가는 카트리나와 완전히 과거의 영광을 잃은 페이서를 만났을 때의 좌절감과 분노를 격한 어조로 풀어나갔다.

그리고 그에게 행운이라고 표현할 수밖에 없는 마족과 몬스터의 재등장을 이야기할 땐 자신도 모르게 흥분했다.

"결국 카트리나 양의 설득은 실패했군요."

제럴드는 아쉬워했지만 이내 원래의 표정으로 돌아갔다.

"그녀의 성향으로 보아 그럴 거라 예상했습니다만."

"그러면 넌 어떻게 할 거야?"

카일의 질문에 제럴드는 남은 차를 마저 마시고 찻잔을 테이블 위에 올려놓았다.

"아까 말하지 않았습니까? 당신을 기다리고 있었다고."

제럴드의 자신만만한 표정과 반대로 카일은 도저히 적응이 안 된다는 얼굴로 그를 바라보았다.

고작 몇 달 만에 이렇게 사람이 바뀔 수 있을까 하는 생각에 강한 이질감을 떨쳐내기 힘들었다. 진짜 제럴드가 맞는지

조차 의심스러웠다.

"20년입니다."

그런 카일의 마음을 읽었는지 제럴드는 혼자서 말을 이어 갔다.

"그 정도 기다렸는 데도 저희를 필요로 하는 세상이 오지 않으면 좌절하게 마련이지요. 안 그렇습니까?"

"지금은?"

"반대로 당신이 다시 돌아오기까지 걸린 20년과 마족의 재등장이 딱 맞아떨어졌다는 사실에 신께 감사라도 드리고 싶은 심정입니다. 두 가지 중 하나라도 몇 년 차이로 어긋났다면 꽤 힘들었을 겁니다."

만약 카일이 몇 년 일찍 석화에서 풀려났다면 다른 이들처럼 평화로운 현실에 적응하지 못하고 서서히 망가졌을 것이다.

반대로 마족이 다시 날뛰기 시작한 후 몇 년이 지나 깨어났다면 그가 찾고자 하는 옛 동료들은 이미 죽어 홀로 고독한 전투를 벌여야 했을지도 모를 일이다.

"그 20년이 고통스럽진 않았어?"

"당연히 고통스러웠지요."

"그런데 너 변환이 너무 빠르다? 이전엔 우울한 표정 그 자체에 언제 자살할지 모를 정도로 걱정되었는데 말이야."

카일은 처음 페이서를 봤을 때 느꼈던 충격과 좌절감을 아직도 잊을 수 없었다.

어떻게 시간이 흘러가면 이런 식으로 인간이 망가질 수 있는가를 진지하게 고심하고, 페이서를 그렇게 몰아붙인 세상이 원망스러웠다.

반면 제럴드는 카일이 뭔가 도와준 일이 없음에도 싹 변해 있었다. 물론 전성기에 비하면 터무니없이 줄어든 마나량은 여전했고, 마탑의 말단 선생이라는 지위는 여전히 그대로였지만.

"그냥 생각의 차이일 뿐입니다. 20년이든 30년이든 오랫동안 고통받은 건 사실이지만 지금은 상황이 다르지 않습니까? 바뀐 환경에 빨리 적응하느냐 아니냐를 놓고 몇 달을 고민하든 일 초를 고민하든 간에 선택은 어차피 둘 중 하나입니다."

"그 녀석은 지금쯤 그럭저럭 괜찮아졌을지 모르지만, 처음엔 진짜 힘들었어."

"페이서 님과 저는 다릅니다. 그는 너무 순수했기 때문이죠. 그리고 솔직히 페이서 님 같은 경우가 일반적입니다. 인간답기도 하고요."

제럴드 본인도 이렇게 빨리 바뀌어 버린 자신을 특이하다고 인정했다. 결과적으로 카일이 추가적으로 할 일이 줄어든 것만큼은 분명했다.

"그러고 보니 엘리서스 성에서 뭔 일 있었습니까?"

"거기? 페이서를 만난 일 외엔 별일 없었는데?"

"제가 들은 소문에 의하면 과거 제이블란트를 스스로 몸을 바쳐 봉인했던 '비운의 검사' 카일이 수천에 달하는 마족과 몬스터들을 혈혈단신으로……."

"거기까지."

카일은 고개를 설레설레 저으며 제럴드의 말을 끊었다.

"소문이라는 거 진짜 믿을 게 못 되네. 수천은 무슨, 한 이백 마리 정도 되었나? 게다가 마족은 하나도 없었고, 몬스터는 그나마 처리하기 쉬운 고블린이 대부분이었어. 병사들은 물론이거니와 기사도 대부분 경험이 없어서 방해만 될 뿐이었지만."

"그래도 홀로 활약하신 사실 하나는 맞지 않습니까?"

"그걸 활약이라고 말한다면 20년 전 겪었던 전투 앞에 죄다 '대(大)'라는 수식어를 붙여야 할 거다. 솔직히 몸 풀기도 안 되었어."

카일은 오른손으로 턱을 괴고서 못마땅하다는 반응을 보였다.

"물론 전 그 소문을 접하자마자 당신이 한바탕했다는 사실만큼은 믿기로 했습니다. 다른 이는 대부분 당신이 다시 나타났다는 진실 자체부터 부정했지만요."

"그런 식으로 소문 퍼지면 누가 믿겠나. 나 같아도 헛소리 작작 하라고 한마디 했겠다."

무엇보다 카일의 마음에 안 드는 요소는 다름 아닌…….

"야, 솔직히 내 이름 앞에 '비운'이라는 단어는 정말 안 어울리잖아? 차라리 예전처럼 미친개라고 불리는 편이 훨씬 낫지."

"나름 운치 있고 좋은데 왜 마다하십니까?"

"으으, 듣는 것만으로도 소름이 돋는다. 제발 내 앞에선 참아줘."

카일은 양어깨를 감싸 쥐더니 부들부들 떨었다.

5

엘레힘 신성력 1325년 11월 25일.

카일이 온 바로 그날, 제럴드는 마탑을 나오기로 결정했지만 그동안 처리하던 일의 인수인계를 위해 며칠 더 머무르기로 결정했다.

다섯 명의 젊은 마법사가 제럴드의 연구실에 모여 그의 지시에 따라 일사불란하게 움직였다. 하지만 마법에 대해 잘 모르는 카일의 눈에도 마법사들의 업무는 힘에 겨워 보였다.

반대로 말하면 다섯 명이서 달려들어도 벅찬 업무를 제럴드 혼자서 해치우고 있었다는 이야기가 된다.

마탑에서의 제럴드의 입지상 따로 방을 얻을 수 없던 카일은 후임 마법사들이 서로 머리를 맞대고 끙끙거리는 것에 방해되지 않게 말없이 지켜보기만 했다.

하지만 계속 그러고 있다 보니 지겨움을 떨치기 힘들었다. 결국 경비병에게 부탁해 맡겨둔 무기를 되찾아 마탑 아래에서 검을 휘두르며 단련을 시작했다.

그렇게 오 일이란 시간이 흘러갔지만, 제럴드의 인수인계는 좀처럼 끝나지 않았다.

"끝났나?"

막 훈련을 마치고 돌아온 카일이 문을 열고 연구실 안으로 들어왔다.

테이블에 앉아서 두루마리에 뭔가 작성 중이던 제럴드는 시선을 아래로 고정시킨 상태에서 오른손 검지를 살짝 까닥거렸다. 그러자 벽에 걸려 있던 수건이 공중에 떠오르더니 손가락이 가리키는 방향으로 날아갔다. 카일은 낚아챈 수건으로 얼굴에 흐르는 땀을 닦아냈다.

"언제까지 더 머물러야 해?"

카일은 제럴드의 책상 앞 의자에 턱하니 앉더니 물병에 가
득 들어 있던 물을 들이켰다.

"뭔가 꿍꿍이속이 있는 거지? 그렇지?"

카일의 질문에 제럴드는 대답하지 않고 탁자 위에 놓인 두
루마리를 바라보며 눈썹 사이를 좁혔다.

"정 그렇게 나오면 나 먼저 가버린다?"

"절 놔두고 말입니까?"

"이제야 날 보고 대답하는군. 뭔가 고민하고 있긴 한데, 그
게 인수인계는 아니잖아."

이제까지 제럴드가 마탑에서 당한 것을 감안하면 굳이 인
수인계 따위 하지 않고 그냥 훌쩍 떠나도 상관없었다. 그가
다시 마탑에 돌아올 성격도 아니기에 왜 인수인계라는 핑계
를 대면서 시간을 지체하는지 이해할 수 없었다.

"그게 말입니다, 제 개인적인 일에 가까운지라……."

"너답지 않게 말끝을 흐리는군. 신출내기 마법사들 갈굴
때완 영 딴판인데?"

목소리를 높이며 윽박지르는 타입이 아닌, 약점만 콕콕
짚으면서 날카로운 어조로 어린 마법사들을 쪼아대는 제럴
드의 모습은 옆에서 보고 있는 카일마저 질리게 만들 정도
였다.

"오죽하면 잘 알지도 못하는 나에게 하소연하더라. 그 누

구더라? 엘레나라고 했던가? 안경 쓰고 머리 양 갈래로 묶은 여자애 말이야."

"그런 의도가 아닐 겁니다."

"그건 또 무슨 소리야?"

"여기는 보다시피 책상 앞에 앉아서 시간 보내는 비리비리한 남자가 대부분이지 않습니까?"

"호오, 그래서 반대로 나처럼 근육 좀 있는 남자에게 관심이 간다 이 말이로군?"

"그 아이, 당신에 대해 종종 물어보더군요. 생각 있습니까?"

"내가 제대로 나이 먹었다면 스무 살도 더 아래인 아가씨야. 도둑놈 심보 따윈 없다. 그리고 엉뚱한 데로 말 돌리지마."

카일은 제럴드의 의도를 단번에 파악하고 언짢은 표정을 지었다.

"지금쯤 도착해야 하는데, 저도 난감합니다."

"누구를 기다리는데?"

"제가 다른 마탑에 있을 때 학원장이셨던 분입니다. 당신도 본 적 있을 겁니다."

"그 뭐냐, 빼빼 말라서 한 성깔 하게 생긴 아저씨 이야기하는 거 맞지? 마지막으로 그 아저씨 본 게 20년 전이니 지금은 할아버지가 되었겠군.”

제이스 켈리온.

제럴드의 스승이자 20년 전 전쟁에서 활약한 마법사로서 책상에 앉아 있기보단 직접 움직이는 걸 선호하는 남자였다.

카일도 전쟁 당시 몇 번 만난 적이 있고, 그때마다 쩔쩔매는 제럴드를 본 까닭에 그의 이미지가 꽤 인상 깊게 남아 있다.

“그분이 아니면 이번 일을 처리해 줄 분이 없거든요. 이곳을 떠나기 전에 그 일을 처리하지 않으면 찝찝한 기분이 계속 들 겁니다.”

“그분이라면 어쩔 수 없겠지. 여기로 오시기로 한 거야?”

“당신이 오자마자 전서구를 보냈으니 아무리 늦어도 어제는 도착하셔야 합니다.”

제럴드는 답답하다는 듯 가슴을 툭툭 두들기며 창가 쪽으로 걸어갔다. 멀리서 말을 타고 달려와야 할 스승이 여전히 보이지 않자 제럴드는 뒤통수를 벅벅 긁었다.

“그런데 말이야.”

두 눈을 감고 있는 카일의 눈썹이 살짝 꿈틀거렸다.

“오라는 네 스승은 코빼기도 안 보이는데 전혀 엉뚱한 것

들이 다가오는 것 같아. 아니, 같은 게 아니라 확실히 오고 있
어.”
　“네?”
　“젠장, 이번에는 마족도 껴 있잖아. 만만치 않겠는걸.”
　카일은 눈을 뜨면서 의자를 박차고 일어섰다.

Chapter 07
간신히 짜낸 옛날의 힘

흑암의 귀환자

1

평소와 다름없이 돌아가던 마탑 안이 순식간에 혼란에 빠
졌다.

처음 카일과 제럴드가 곧 있으면 마족과 몬스터들이 쳐들
어오니 대비하라고 소리쳤지만, 경비병들은 아무것도 보이지
않는 허허벌판을 가리키며 웃어넘겼다.

그로부터 10분 뒤, 드넓은 평원 한가운데에 위치한 마탑을
향해 몰려드는 무리를 보고 경비병들은 허겁지겁 경비대장에
게 보고했다. 20년 넘게 피어오르지 않았던 '경계의 불꽃' 이
마탑 꼭대기에 피어올랐고, 평화로운 오후를 보내던 마법사

들은 영문도 모른 채 우르르 마탑 입구로 모여들었다.

어느새 마탑은 수많은 몬스터에 의해 완전히 포위되었다.

마탑과 몬스터들 사이의 거리는 200미터가량으로, 몬스터들을 지휘하는 마족이 맘만 먹는다면 겁에 질려 벌벌 떨고 있는 마법사들과 경비병들을 단숨에 덮칠 수 있을 만한 간격이었다.

몬스터들이 몰려들기 이전에 먼저 앞쪽에 자리를 잡고 있던 카일과 제럴드는 자신들에게 집중된 몬스터들의 시선을 아무렇지 않게 받아넘겼다. 100미터밖에 안 되는 몬스터들과의 간격은 카일에게 되레 익숙했다.

“생각해 보니 미리 말했어도 별다를 게 없었잖아?”

카일은 등에 걸쳐 메고 있던 대검을 뽑아 들며 어깨를 으쓱거렸다.

“어차피 저 인원을 피난시키긴 무리고 숨길 공간도 없으니 말이야. 그래도 명색이 마탑의 마법사이니 자기 정도는 알아서 지키겠지?”

“그랬으면 좋겠지만 말입니다…….”

제럴드는 검은색 가죽 장갑을 꺼내 양손에 하나씩 끼고 손바닥을 펼쳤다 움켜쥐기를 반복했다.

“요즘 애들은 왜 이리 패기가 없어? 우리 말고 앞에 나서는

놈이 하나도 없네. 20년 동안 도대체 무슨 일들이 일어난 거
야?”

“평화 속에 20년 동안 썩으면 그렇게 되게 마련입니다.
그리고 제가 가르친 애들에겐 너무 뭐라 하지 마십시오. 절
대 함부로 끼어들 생각 말고 물러서 있으라고 지시했으니
까요.”

“뭐, 그래야 너의 부활이 더욱 부각되겠지.”

비록 세월이 흘러갔지만 바로 옆에 있는 제럴드를 보니 카
일은 한창 전투에 뛰어들었던 기억이 되살아났다.

저돌적인 성향의 페이서와 카일 사이에서 냉정한 포지션
을 자처한 제럴드는 두 남자의 부족한 부분을 매번 메워주었
다. 커다란 돌들이 아래위, 그리고 좌우로 집결되었을 때 그
사이를 단단하게 결합시키는 석회 역할이나 다름없었다.

“그런데 제럴드, 괜찮겠어?”

페이서에 비하면 나은 편이지만, 제럴드의 마나는 전성기
에 비해 턱없이 모자랐다.

물론 그가 가르치던 풋내기 마법사들의 수준보다는 당연
히 위였지만, 암흑의 화신 제이블란트와 맞섰던 당시와 비교
하기엔 무리였다.

“너무 걱정할 필요 없습니다.”

제럴드는 로브 안쪽에 있는 마법서의 표면을 손가락으로

천천히 쓰다듬었다. 표지 바깥쪽을 둘러싼 철제 커버의 딱딱하고 차가운 감촉이 오래간만에 그의 피부로 전달되었다.

"마나량이 줄어든 건 사실입니다. 하지만 전 그 단점을 반대로 뒤집어 생각해 봤지요. 마나를 극도로 제한한 상태에서 난 어느 정도까지 할 수 있을까 실험해 보겠습니다."

갑작스러운 성장은 처음부터 기대하지 않았다.

제럴드는 잃은 부분에 너무 집착하기보단 바뀐 자기 자신에 적응하는 길을 택했다.

"페이서도 너처럼 생각했다면 좀 더 편했을 텐데."

"전에도 말했지만 페이서 님이 아니라 제가 이상한 겁니다. 후욱! 후우!"

제럴드는 연달아 심호흡을 하면서 숨을 골랐다.

자신 있게 말을 꺼내긴 했지만, 20년 만의 실전 앞에선 긴장하게 마련이다. 카일은 그런 제럴드를 보며 오른손에 쥔 대검을 지면과 수평이 되도록 어깨에 걸쳤다.

"혹시 저놈이 지휘관인가?"

두 남자는 몬스터들 사이를 제치고 홀로 앞으로 나서는 마족에 주목했다.

갈색 머리카락에 잘 다듬어진 수염이 특징인 30대 남성의 외견에 양옆에 오우거가 있어서 그런지 덩치는 의외로 커 보이지 않았다.

혹시 인간일지 모른다는 추측에 카일은 눈을 잠시 감았다 떴다. 그러자 마족의 흔적이 그 남자가 서 있는 위치에서 나타났다 사라졌다.

"제럴드, 어떤 종류의 마족인지 알 수 있겠어?"

"글쎄요. 노예가 아닌 마족을 보는 건 거의 20년 만이라 스스로 진짜 모습을 드러내기 전까진 모르겠습니다."

"저렇게 겉모습 하나만은 인간과 똑같은 경우가 난감해. 뱀파이어 특유의 느낌은 아니고……."

그렇게 상대를 감정하는 사이, 로브 차림의 중년 남자가 자신만만한 걸음걸이로 카일과 제럴드 옆을 스쳐 앞으로 나섰다. 뒤늦게 알아챈 카일이 손을 뻗어 저지하려고 했지만 허망하게 허공을 붙잡았을 뿐이다.

"자네가 몬스터들을 이끌고 온 지휘관인가?"

품위 있게 기른 것도 아닌, 그렇다고 깔끔하게 다듬은 것도 아닌 애매모호한 길이의 턱수염을 매만지는 그의 뒤를 바라보는 카일은 골이 아파오기 시작했다.

"난 이 마탑의 학원장인 커투스라고 한다. 20년 전 마족과의 전쟁에도 참여한 적이 있는 마법사이기도 하지."

'그래, 참여하긴 했지. 주로 서류 담당으로 말이야.'

제럴드의 뒤를 쫄래쫄래 따라다니며 잡일을 처리하던 꼬맹이의 얼굴과 지금 잘난 듯이 마족들 앞에 나타난 중년 남자의 이미지가 도대체 결합되지 않았다.

"무슨 목적으로 이곳에 왔는지는 잘 모르겠지만, 가능하면 서로 얼굴 붉히지 않는 선에서 마무리 짓는 게 좋지 않겠나? 여기는 50명에 가까운 마법사가 머무르는 곳이니 만약 무슨 일이 터진다면 피해를 보는 쪽이 어디라고 생각되나?"

카일은 완전히 질렸다는 표정을 지었고, 제럴드는 아예 처음부터 포기했는지 양손을 쥐었다 폈다 반복하며 마나를 끌어 모을 준비에 전념했다.

"옛날처럼 단지 힘에 의존해서 모든 일을 해결하려는 사고방식은 버려야……."

콰앙!

고막을 터뜨릴 듯한 강렬한 폭발음이 울려 퍼지더니 마탑 최상층이 경계의 불꽃이 아닌, 더 커다란 불길에 휩싸여 활활 불타오르기 시작했다. 박살 난 벽돌 파편이 지상을 향해 후두두 떨어졌고, 아래에 있던 마법사들이 비명을 지르며 흩어졌다.

"나, 나의 마탑이!"

커투스는 연기가 뿜어져 나오고 있는 자신의 방을 바라보며 두 손으로 머리를 감싸며 좌절했다.

그사이 몬스터들이 커투스의 주위를 완전히 포위했다.

마탑 앞에 몰려 있던 마법사들은 갑작스러운 공격에 당황

한 나머지 서로 뒤엉켜 쓰러지고 나뒹굴었다. 개중에 몇 명은 마법을 전개해 보호막을 펼쳤지만 50명에 달하는 마법사 모두를 뒤덮을 정도의 위력은 지니지 못했고, 그나마 정신 집중이 흐트러져 사라져 버렸다.

유일하게 냉정함을 잃지 않은 카일과 제럴드는 몬스터에게 포위당해 어쩔 줄 몰라 하는 커투스를 보며 동시에 한숨을 내쉬었다.

"제럴드, 어떻게 할까? 저놈 살려, 말아?"

"우선은 살려두십시오."

"그래도 괜찮겠어?"

"네. 저 인간이 살아 있을 때 반드시 해야 할 일이 있거든요."

제럴드의 말이 끝나기가 무섭게 카일은 대검을 양손으로 움켜쥐고 앞으로 도약했다.

쿠웅!

카일이 착지한 위치를 중심으로 강렬한 충격파가 지면을 타고 빠르게 퍼졌다. 체구가 작은 몬스터들은 충격파를 이기지 못하고 바깥쪽으로 쓰러졌으며, 덩치 큰 오우거나 트롤들은 다리가 비틀거리며 무게중심을 잡기에 급급했다.

몸을 일으킨 카일은 멍한 표정으로 자신을 바라보고 있는 커투스를 향해 쓴웃음을 지었다.

"어이, 애송이."

"애, 애송이?"

"그 평화로운 접근 방법이야말로 힘이 있다는 가정하에서
나 가능한 거야. 넌 20년 동안 도대체 나이를 어디로 처먹은
거야?"

카일은 대검을 땅에 깊숙이 박아 넣고선 양손으로 커투스
를 붙잡았다.

"뭐, 뭐 하는 짓이냐!"

"넌 저기 구석에서 우리가 활약하는 거나 구경하고 있어.
괜히 설치다가 기껏 살려낸 목숨 내던지지 말고. 알았어?"

카일은 어깨 위로 커투스를 번쩍 들어 올리더니 마탑을
향해 휙 내던졌다. 마법사들이 서로 뒤엉켜 있는 한가운데
에 떨어진 커투스로 인해 마탑 주변은 완전히 아수라장이
되었다.

카일이 왼손과 오른손을 번갈아가며 매만지자 손가락 마
디에서 뚜둑뚜둑 하는 소리가 났다.

"제럴드, 오래간만에 몸 좀 제대로 풀어볼까?"

"원하던 바입니다. 당신의 힘에 전적으로 기대야 하겠지
만……."

"내 힘이야 언제든지 빌려가라고."

카일의 대답에 제럴드는 미소를 지으며 로브를 벗어 던졌다.

　두꺼운 마법서가 철제 사슬로 연결되어 허리에 매달려 있고, 가슴 양쪽의 주머니와 허리띠엔 정체를 알 수 없는 가지각색의 액체가 담겨 있는 시험관이 빽빽하게 꽂혀 있다.

　카일이 땅에 박아놨던 대검 자루를 움켜쥐는 순간, 제럴드의 양팔에 촘촘히 감아뒀던 와이어가 마나의 움직임에 이끌려 양손에 휘감겼다.

　"제럴드, 가자!"

2

　날카로운 서릿발이 직선을 그으며 지면을 타고 뻗어 나갔다.

　눈 깜짝할 사이 생성된 얼음에 두 다리가 갇혀 버린 몬스터들이 더 이상 앞으로 나가지도, 물러서지도 못하고 당황했다.

　그리고 그 몬스터들의 머리 위로 누군가의 그림자가 드리워졌다. 지면에 솟아오른 얼음과 정반대 속성의 불길이 몬스터들을 덮치면서 폭발이 일어났다.

　콰콰쾅!

　온몸에 불이 붙은 몬스터들이 살이 타들어가는 고통을 이기지 못하고 땅바닥에 뒹굴었다. 폭발 그 자체에 휘말린 몬스터들의 사체가 공중에서 후두두 떨어졌고, 카일의 갑옷은 순식간에 피투성이가 되었다.

카일은 대검을 양손으로 움켜쥐더니 검끝을 땅에 대고선 제자리에서 크게 원을 그렸다.

"이그니션(Ignition)!"

검끝이 그린 거대한 원의 테두리에 불길이 위로 확 치솟더니 빠른 속도로 넓게 퍼져갔다. 미처 도망치지 못한 몬스터들이 순식간에 재가 되어 땅바닥을 시커멓게 뒤덮었다.

카일에겐 접근 자체가 불가능하다는 판단을 내린 몬스터들은 제럴드에게 달려들었다. 그러나 제럴드가 양손의 손가락을 모두 펼치며 사방에 퍼뜨린 와이어에 닿은 순간, 날카로운 얼음 칼에 베여 우수수 쓰러졌다.

제럴드는 양손을 주먹 쥐더니 전개했던 와이어를 일제히 거두어들였다. 그러자 와이어에 묻어 있던 핏방울이 공중에 떠올랐다가 아래로 후두두 떨어졌다.

그의 다음 목표는 거대한 몸집을 지닌, 지금 그를 향해 달려오고 있는 두 마리의 오우거였다. 서리가 돋아난 와이어에 몸 여기저기에 긴 혈흔이 남았지만 분노에 휩싸인 오우거들은 고통을 잊고 제럴드의 오른쪽과 왼쪽에서 달려들었다.

"우워워!"

제럴드의 왼쪽에서 달려들던 오우거가 쥐고 있던 몽둥이

를 아래로 강하게 내려쳤다. 그리고 거의 동시에 반대편에서 다가오던 오우거가 양손을 펼쳐 제럴드가 있던 자리를 찍었다.

제럴드가 서 있던 자리에 모래 먼지가 피어오르며 오우거들의 시야를 가렸다. 뭔가 맞았어야 할 감촉이 양손에 느껴지지 않은 오우거는 고개를 좌우로 돌렸고, 다른 오우거는 아래로 찍었던 몽둥이를 들어 올렸지만 핏방울 하나 묻어 있지 않았다.

휘리릭.

모래 먼지 속에서 두 가닥의 와이어가 대각선 위로 뻗어 나가며 오우거의 머리를 각각 노렸다.

하나는 완전히 빗나갔지만 남은 한 가닥은 오우거의 목 옆을 지나가더니 방향을 바꾸어 목을 감는 데 성공했다.

"얼어라!"

제럴드는 왼손을 뒤로 젖히며 와이어를 팽팽하게 잡아당기더니 붙들고 있던 와이어를 오른손 검지로 살짝 튕겼다.

팅!

허리에 차고 있던 마법서가 강렬한 빛을 발하면서 마나가 와이어를 타고 흘러들어 갔다. 그와 동시에 오우거의 목에 휘감긴 와이어로부터 서릿발이 솟아나오며 피가 뿜어져 나왔다.

끄워워!

오우거의 육중한 덩치가 힘없이 비틀거리더니 앞으로 고꾸라졌다. 제럴드가 남은 한 마리의 오우거를 향해 고개를 돌리자, 카일의 대검 끝이 두꺼운 오우거의 배를 뚫고 모습을 드러냈다.

쿠웅! 쿵!

두 마리의 오우거가 거의 동시에 쓰러지면서 먼지가 다시 피어올랐다. 뿌옇게 변해 버린 카일의 시야가 다시 원래대로 돌아왔을 땐 먼지와 뒤섞인 핏자국이 옷 여기저기에 달라붙은 제럴드가 서 있었다.

"뭐야, 전혀 약해지지 않았잖아?"

"그동안 쌓은 경험은 사라지지 않으니까요. 후우……."

제럴드는 손등으로 이마에 송골송골 맺힌 땀을 훔쳐내더니 두 눈을 감고 정신을 집중하기 시작했다. 카일은 대검을 양손에 움켜쥐고서 제럴드 주변으로 몬스터들이 다가오지 못하게 경계를 취했다.

푸른색의 기운이 제럴드의 몸을 나선형으로 휘감으며 올라갔다. 카일은 빠른 속도로 마나가 차오르는 제럴드의 상태를 고개를 살짝 뒤로 돌려 바라보고는 다시 시선을 앞으로 돌렸다.

'말은 그렇게 했지만 확실히 전과 다르군.'

　이전에 사용하던 것에 비해 현재 제럴드의 마법 운용법은 확실히 달랐다. 20년 전의 제럴드는 방대한 양의 마나를 근간으로 화려하면서도 위력적인 마법을 구사하며 전장을 휩쓸었다.

　지금처럼 마법 구현에 필요한 장비 같은 건 일체 갖추지 않은 채 마나 그 자체만으로 마법을 구현했다. 마나만 충분하다면 다른 장비는 거추장스럽고 방해만 될 뿐이라며 당시 그가 가진 자질을 맘껏 발휘했다.

　'와이어를 사용하는 거 하며 마법서까지 동원할 정도면 현재의 부족한 자기 자신을 어떻게든 극복해 보려는 의지가 엿보여. 그만큼 지금 자신이 어떤 위치라는 걸 잘 알고 있다는 반증이겠지.'

　예전의 제럴드였다면 강력한 마족이 나타나지 않는 한 일반 몬스터 정도는 몇 번의 마법으로 모조리 쓸어버리고도 남았다.

　하지만 지금의 그는 마나의 소모를 최대한 억제한 상태에서 그동안 전장에서 쌓은 경험으로 마법을 구사 중이었다. 그리고 자신이 직접 해치우기보단 카일의 공격을 보조하는 비율을 높였다.

　"제럴드, 이제 슬슬 다시 싸워야 하지 않을까?"

　"막 끝났습니다."

제럴드는 펼쳤던 마법서를 도로 닫더니 숨을 크게 내쉬었
다.

'그런데 뭔가 이상해. 내가 제럴드에게 신경 쓰는 동
안…….'

몬스터들이 마탑의 마법사들을 인질로 잡을 수 있음에도
시도조차 하지 않았다는 게 의아했다. 물론 그럴 가능성을 염
두에 두고 수시로 전후좌우를 둘러보며 경계의 폭을 넓혔지
만 별다른 움직임을 찾을 수 없었다.

'그렇다면…….'

카일은 커투스 앞에 모습을 드러냈던 정체불명의 마족이
이곳을 점령하기 위해 병력을 이끌고 온 것이 아니라, 다른
의도를 숨기고 있다는 가정을 해봤다. 그리고 동시에 뭔가
변칙적인 대응을 해보는 것도 나쁘지 않다는 판단이 들었
다.

"어이, 아까 그놈 어디 있어? 나와 제럴드가 있다는 걸 알
면서도 고작 이 정도 병력이야?"

카일은 아까 나타났던 마족을 끄집어내기 위해 의도적으
로 도발을 감행했다.

"엘리서스 성에서 있었던 일 아직 모르나? 이딴 몬스터들,
계속 데리고 나에게 덤벼봤자 병력만 축낼 뿐이라고. 명색이
지휘관이라면 부하를 아낄 줄도 알아야지."

카일은 대검으로 오른쪽 어깨를 툭툭 건드리며 왼손을 앞으로 내밀었다. 손바닥을 위로 향하고 손가락을 까닥거리며 나올 테면 나와 보라고 도발을 계속 감행했다.

그러자 카일의 정면에 진을 치고 있던 몬스터들의 대열이 양쪽으로 갈라지며 길이 터졌다. 몬스터들 사이를 가로질러 오는 마족은 아까 커투스를 상대로 단 한 마디도 안 하던 그가 맞았다.

"예상외의 인간이 나타나서 가만히 지켜봤는데, 그 '카일'이 맞는가?"

상대가 자신을 알아보자 카일은 어깨를 툭툭 건드리던 대검 끝을 아래로 내렸다.

"네가 보여준 흑염(黑炎)의 힘은 인간 중에선 단 한 명만이 보유하고 있다고 알고 있다. 그리고 엘리서스 성에서의 보고와도 일치하는군. 다시 묻겠다. 네가 20년 전 전쟁에 참여했던 카일이란 인간이 맞는가?"

"이것 참, 마족들은 날 알아보는데 정작 인간들은 모르니 말이야. 기분 참 뭐 같아."

카일은 일부러 목소리를 높여 대답했지만, 정작 듣길 원하는 마법사들은 여전히 겁에 질린 채 몬스터들이 빨리 물러가기만을 기다리고 있었다.

"인간을 증오하나?"

“아니, 그 정도까진 아니고, 마음에 안 들 뿐이야. 상당히.”

“너 옆에 있는 인간 마법사… 제럴드도 마찬가지인가?”

상대의 물음에 제럴드는 뒤를 돌아보며 잠시 망설였다.

자신이 가르친 제자들을 바라보는 그의 눈동자는 흔들렸지만, 기절해 있는 커투스에 시선이 고정되는 순간 입이 일그러졌다.

“좋다고도, 그렇다고 싫다고도 판단하기 어렵습니다. 단, 죽이고 싶다고 생각한 인간들은 분명히 있습니다.”

“그렇다면 인간이 아닌 이쪽으로 오겠는가?”

3

카일과 제럴드, 그리고 마족 남성 사이에 긴장감 대신 뭔가 묘한 분위기의 공기가 감돌았다.

‘예상치 못한 타이밍에 귀순 권유라니, 허점을 확 찔린 기분이야.’

사실 카일은 영웅이었던 동료들의 몰락을 옆에서 지켜본 입장이지 그 몰락을 직접 경험하진 못했다. 가끔 가벼운 어투로 자신을 알아보는 이들이 없다고 투덜거리긴 했지만 20년이란 긴 시간 동안 고통받은 동료들에 비하면 당연히 아무것도 아니다.

"제럴드, 당신은 인간을 위해 목숨을 걸고 싸웠지. 그리고 승리했어. 하지만 그 결과는 뭔가?"

그렇기에 제럴드가 저 마족을 따라갈 가능성은 카일보다 확실히 높았다.

카일은 자신도 모르게 침을 꿀꺽 삼켰다. 제럴드의 입에서 어떤 대답이 나오느냐에 따라 어떻게 대응해야 할지 온갖 생각이 떠올랐다 사라지기를 되풀이했다.

"나 같으면 전쟁을 승리로 이끈 자를 이런 마탑의 말단 따위로 부리진 않겠다. 만약 그 인물이 큰 죄를 저질렀다 하여도 다시 전쟁의 징조가 보인다면 서둘러서 다시 불러낼 것이다."

상대의 이야기가 계속 이어지는 와중에 제럴드는 입을 굳게 다물었다. 마치 자신의 뒤에 있는 인간들에게 들으라고 침묵을 지키는 듯했다.

카일은 그 마족의 말에 어느 정도 동감했다. 특히 전쟁이 다시 시작될지도 모르는 상황임에도 여전히 그를 고작 선생으로 부리고 있는 인간들의 판단 능력에 적지 않게 실망했으니까.

"거절하겠습니다."

그러나 카일의 우려가 무색하리만치 제럴드의 대답은 일

찍, 그리고 명쾌하게 나왔다.

"넌 이런 상황에서도 결정 하나는 빨리 내리는구나."

"뭔가 문제 있습니까?"

"아무것도 아니야. 그것보다 저 인간… 아니, 저 마족에게 몇 마디 좀 해야겠어."

카일은 짜증 섞인 얼굴로 바로 발 앞에 있는 몬스터의 시체를 툭 걷어찼다.

"이것 봐. 일을 크게 벌이기 전에 그냥 처음부터 제럴드를 불러낼 것이지 왜 우리 둘과 붙어서 쓸데없이 부하들을 낭비하고 그래?"

"갑자기 저 인간 남자가 끼어든 탓이다."

순간 카일은 할 말을 잃고 뒤를 돌아보았다.

이제야 기절에서 깨어난 커투스가 방방 날뛰며 당장에라도 몬스터들을 향해 달려들 기세였고, 다른 마법사들이 달라붙어 말리고 있다.

"이해해."

"뭐라고?"

"이해한다고."

단 한 마디로 이루어진 대화가 짤막하게 오고 갔지만, 둘 사이에 뭔지 모를 동질감이 형성되었음은 그 누구도 부정할 수 없었다.

"그래도 이 말만큼은 하고 넘어가야겠어. 우선 남을 설득하는 문구가 너무 고리타분해. 전쟁 때 활약해서 영웅이 되었는데 평화가 찾아온 후엔 가차없이 버린다. 이 정도야 직접 겪진 않았지만 옆의 친구를 보아도 훤히 알 수 있거든?"

"……."

"그리고 당장 그쪽으로 갈 욕구가 생기도록 강렬한 미끼를 던졌어야지. 이 세계를 정복하면 영토의 몇 분의 몇을 준다 이런 거 말고, 그쪽으로 간다면 당장 얼마 정도의 금을 주겠다… 같은 구체적인 것으로 말이지."

카일은 왼손 엄지와 검지로 둥글게 만들어 돈을 나타내는 제스처를 취했다.

"추가로, 지금 내 뒤엔 인간들이 바글바글하거든? 이런 상황에서 인간을 버리고 마족에 붙으라는 제의를 하면 어쩌라는 거야? 만약 뒤에 있는 마법사들의 실력이 보통이 아니었다면 네 권유에 응하는 순간 무수한 마법세례를 받아야 할 텐데?"

"저들이 한꺼번에 덤비더라도 나는 물론 너희를 이기긴 불가능하다."

적의 말이지만 전혀 틀리지 않다는 사실에 카일의 마음이 살짝 서글퍼졌다. 이전 전쟁의 승자와 패자가 서로 뒤바뀐 듯한 착각이 들었다.

"마지막으로, 너 지금 마족에서 어느 정도의 위치지? 예전 그 코델리아가 가졌던 위치 정도는 되냐?"

코델리아라는 이름에 상대 마족의 얼굴이 험악하게 변했다.

"그 더러운 배신자의 이름을 언급하지 마라!"

"제럴드가 내 제안에 응하면 인간 입장에서 그 더러운 배신자가 되는 셈인데? 아무튼 내 질문에 대답이나 해."

둘 사이의 분위기가 절대 아무 일 없이 넘어가는 게 불가능해질 정도로 차갑게 변했다.

"그 추잡한 뱀파이어와 동급이다."

"호오, 그래? 그러면 공작(Duke)이란 말이지? 다른 마족들 없이 혼자 나타날 만한 이유는 충분하군!"

암흑의 화신 제이블란트를 섬기는 마족 지휘관들의 등급은 위에서 아래로 공작, 후작, 백작, 자작, 남작 순으로 정해진다.

제이블란트가 있는 지하 던전 앞을 지키던 마족 공작들과의 치열한 혈전을 떠올리며 카일은 한 손으로 쥐고 있던 대검을 양손으로 고쳐 쥐더니 앞으로 내밀었다.

"제럴드, 저놈은 나 혼자서 상대할 테니 넌 다른 마법사들을 보호하는 데 전념해 줘. 상대가 공작급이라면 과거의 너라면 몰라도 지금은 무리야."

"알겠습니다."

"아, 그리고 마족 하나 더 있을지도 모르니 유의해. 저 마족 말고 다른 기운이 느껴지긴 하는데 맞는지 아닌지 애매해서 말이야."

카일이 귓속말로 조용히 말하자 제럴드는 고개를 끄덕이며 몬스터들의 움직임을 주시했다. 그러나 정작 몬스터들은 포위망을 좁히기는커녕 반대로 마탑으로부터 거리를 벌렸다.

"셀피아."

"네, 주인님."

마족 남성을 주인이라 부른 목소리가 카일에게 선명하게 들렸지만, 막상 셀피아라 불린 여성의 모습은 보이지 않았다.

"어둠을 전개해라!"

"알겠습니다."

말이 떨어지기 무섭게 수많은 몬스터의 움직임이 멈췄다. 돌처럼 굳어버린 그들의 몸에서 마나가 빠져나오며 공기 중으로 사라졌다.

그리고 얼마 있지 않아 하늘에서 내려오던 빛이 사라지고 대신 어둠이 카일의 시야를 뒤덮었다.

"자기소개가 늦었군. 내 이름은 로베르토. 종족이 뭔지는… 굳이 설명하지 않겠다!"

카일의 눈이 어둠에 익숙해질 즈음 하늘 한가운데에 미약한 빛을 뿜어내는 동그란 원이 모습을 드러냈다.

날짜상 절대 나타날 수 없는 만월(滿月)이다.

로베르토의 몸이 점점 커지기 시작하더니 입고 있던 상의를 찢고 탄탄한 근육과 그 위에 수북하게 자라난 털이 모습을 드러냈다.

어느새 로베르토의 키는 이 미터를 훌쩍 넘어섰고, 날카롭게 자라난 이빨과 손톱은 어두워지기 전까지 보여주던 인간의 외형이 결코 아니었다.

"웨어울프(Werewolf)!"

카일은 로베르토의 정체를 알아채고 살짝 표정을 구겼다.

평소에는 인간과 별다를 바 없지만 만월이 뜬 어두운 밤하늘 아래 늑대로 변하는 웨어울프는 마족 중에서도 상위에 속하는 종족이다.

쿵!

웨어울프로 완전히 변한 로베르토가 오른발을 내딛자, 지면이 내려앉으며 마른 땅에 줄이 쫙쫙 그어졌다.

"처음 만나는 마족이 하필이면 웨어울프라니. 그것도 공작급. 이번엔 확실히 까다롭겠어. 휴우……."

카일은 대검을 자신의 뒤로 향하도록 고쳐 잡은 뒤 검끝을 아래로 내렸다. 그리고 로베르토를 바라보며 앞으로 돌진했다.

그의 검끝이 지나간 자리에 먼지가 피어오르며 굵은 직선을 남겼다. 로베르토 역시 카일을 향해 빠르게 달려왔다.

카앙!

카일이 위로 올려친 대검의 검날과 로베르토의 단단한 손톱이 서로 부딪치며 강렬한 금속성이 울려 퍼졌다.

4

"블래스트!"

위로 높이 떠오른 카일이 검끝을 아래로 향하도록 고쳐 잡은 뒤 그대로 아래로 떨어졌다.

콰콰쾅!

폭발음과 함께 검은 불길이 위로 솟아올랐다. 카일은 재빨리 땅에 박힌 검을 뽑아 들고 좌우로 크게 휘둘렀다.

그러나 뭔가에 막히는 소리가 들리고, 카일의 미간이 살짝 일그러졌다. 양팔을 교차시켜 정면을 막은 로베르토의 몸에는 살짝 그을린 자국만 남았을 뿐 상처 하나 없었다.

"그렇다면!"

카일은 검끝을 땅에 대고 제자리에서 한 바퀴 크게 돌았다. 그러자 지면에 그려진 원 위로 불길이 치솟으며 로베르토를 휘감았다. 순식간에 털이 타들어가고 살점이 녹아내리기 시작했지만, 로베르토는 아랑곳하지 않고 고개를 들어 올리고 울부짖었다.

"워어어!"

"크윽……."

막상 로베르토에 가장 가까이 있는 카일에겐 하울링(Howling)의 효과가 그저 시끄러운 굉음에 불과했지만, 멀리 떨어져 있던 마법사들은 그 자리에서 기절해 버리거나 공포에 질려 제멋대로 도망치고 있었다.

"제럴드!"

"알겠습니다!"

제럴드는 전개했던 와이어를 황급히 회수하고선 마법사들이 있는 쪽으로 달려갔다.

그사이 로베르토의 몸이 빠른 속도로 재생을 시작했다. 카일은 연이어 검을 휘두르며 쉴 틈을 주지 않았지만 매번 막히면서 결정타를 먹이지 못했다. 결국 로베르토의 부상은 완전히 회복되어 상처 하나 찾아볼 수 없었다.

카일은 대검을 크게 휘두르며 먼지를 일으켰다. 상대의 시야를 가린 상태에서 황급히 후퇴한 카일 뒤로 다시 제럴드가 달려왔다.

"제럴드, 은(銀) 없냐?"

"아차, 그건 항상 카트리나 양이 가지고 다녀서……."

예전 네 명이 함께 다닐 때의 역할 분담이 지금에 와서는 적지 않은 실수로 다가왔다.

다행이라면 어둠이 시작된 이후 멈춰 버린 몬스터들의 상태가 여전히 유지 중이었다. 만약 몬스터들마저 공격에 가담했다면 카일과 제럴드는 몰라도 마법사들의 목숨을 보장하긴 무리였다.

"제럴드, 저 만월을 띄운 마법이 영원히 지속되진 않겠지?"

"몬스터들의 마나를 이용해 구현했으니… 마법 규모를 생각한다면 그리 오래가진 못할 겁니다."

"그래서 언제 끝날 것 같은데?"

"지금 제 상태로는 정확히 판단하기 무리입니다."

"끝나긴 하겠지만 잘 모르겠다는 이야기로군. 쩝."

가장 간단한 방법은 마법을 구현 중인 누군가를 처리하는 것이지만, 그 누군가로 예상되는 또 다른 마족의 감지가 제대로 되지 않았다.

그렇다고 지금의 힘으로는 몬스터들을 대놓고 노리기에도 난감했다. 로베르토 한 명 상대하기도 벅찬 판국이다. 그렇다고 제럴드에게 전담시키기에도 위험 부담이 컸다.

'역시 공작으로 인정받을 만큼 강해.'

과거 암흑의 화신 제이블란트의 직속 부하인 다섯 공작의 힘은 막강했다. 그 공작들과 일대일로 대결해 이긴 것은 카일이 한 번, 그리고 코넬리아와의 승부에서 이긴 페이서의 경우를 제외하곤 모두 비겼다.

물론 인위적으로 떠오른 만월이 사라질 때까지 버티기로 작정한다면 지금의 힘으로도 충분할 수 있지만, 혹시라도 로베르토의 공격이 제럴드를 노린다면 비극이 일어날 가능성 역시 충분했다.

결국 카일은 가능한 한 짧은 시간 내 지금보다 강한 힘을 이끌어내 승부를 결정지을 필요성을 받아들였다.

"안 되겠어. 좀 더 힘을 이끌어내야겠는데……."

"혹시 블랙아웃(Black out) 모드로 돌입할 생각입니까?"

"그래. 잘 알고 있겠지만 휘말리지 않도록 저 마법사들에게 단단히 일러둬."

카일의 대답에 제럴드의 표정이 살짝 굳어졌다.

"그렇다고 너무 걱정하진 마. 살짝 맛만 보고 빠져나오는 수준에서 멈출 테니까."

"무리하지 마십시오. 지금은 페이서 님은 물론이고 카트리나 양도 없습니다. 저 혼자 뒤처리를 하기엔 절대 무리입니다."

"그러니 우선 나에게서 떨어지라고."

제럴드는 잔뜩 긴장한 표정으로 카일과의 거리를 벌렸다.

만약 그가 블랙아웃 상태가 되면 제럴드가 할 일은 그를 도와주는 게 아니라 그의 힘에 경비병과 마법사들이 휘말리지 않게 최선을 다하는 것뿐이다.

"어이, 로베르토라고 했지?"

카일은 검끝으로 로베르토를 가리키며 살짝 웃었다.

앞으로 일어날 일이 어떠한 결과로 이어질지에 대한 자신감의 표출이었다.

"보아하니 이전 전쟁 이후 공작이 된 것 같은데, 흑염의 힘이 뭔지 제대로 겪어본 적 없지?"

카일은 대검을 한 손으로 땅에 수직이 되도록 꽂아 넣고선 두 눈을 살짝 감았다.

펼치고 있던 손가락 끝이 천천히 안쪽으로 굽혀지더니 피부 안쪽에 있던 혈관이 굵어지며 도드라졌다. 손뿐만이 아니라 갑옷에 가려 있는 팔과 다리, 그리고 가려지지 않은 얼굴 위로 실핏줄이 드러나며 검게 변한 피 색깔을 드러냈다.

"이 느낌… 역시 익숙해지긴 글렀어."

혈관을 타고 흐르는 모든 혈액이 끓어오르는 듯한 미지의 감각에 카일은 주먹을 강하게 쥐었다. 오른손에 움켜쥐고 있던 검자루에서 우두둑 하는 소리와 함께 뭔가 부서지는 감각이 전해졌다.

그리고 매번 어둠의 힘을 이끌어낼 때마다 지겹게 반복되던 거짓된 기억이 타오르는 불길 속에서 떠올랐다.

존재하지도 않던 애인이 인간들에게 둘러싸여 지르는 비명이 귓가에 울렸다. 함께 있던 적도 없는 마족들이 처참한 시체가 되어 땅바닥에 나뒹굴고 있었다.

하지만 카일은 슬퍼하거나 분노하지 않았다.

그가 어릴 적 겪은 현실의 악몽에 비하면 가소롭게만 느껴졌다.

배고픔을 이기지 못한 소년병들 사이에 껴서 몬스터의 시체를 아귀처럼 뜯어 먹었던 기억에 비하면, 한때 가까이했던 동료들이 사지는 물론이거니와 내장까지 모두 잘려 나가 인간 도살장을 연상케 하는 피바다 속에 홀로 벌벌 떨 때에 비하면 아무것도 아니었다.

피식 하는 웃음소리가 입술 사이로 새어 나왔지만, 힘을 이끌어내기 위해 거짓된 기억이라는 걸 알면서도 매번 그랬던 것처럼 살짝 믿어주기로 마음먹었다.

그러자 카일의 눈동자를 차지하던 검은색이 눈 전체를 뒤덮으면서 숨을 내쉴 때마다 검은 기운이 뿜어져 나왔다.

"시작한다."

카일은 평소보다 가라앉은 목소리로 말하더니 대검을 움켜쥔 채로 앞으로 스스륵 미끄러지며 움직였다.

"……!"

로베르토는 본능적으로 양팔을 교차해 카일의 검을 막았지만, 자신의 의지와 상관없이 위로 붕 떠올랐다.

착지를 대비해 공중에 뜬 상태에서 자세를 바로잡은 로베르토 앞에 지상에서 이어진 긴 잔상을 이끌고 카일이 나타났다.

콰앙!

강렬한 폭발에 밀려 나간 로베르토가 몬스터들 사이로 추락하며 땅에 처박혔다. 그리고 자세를 바로잡기도 전에 대각선 아래 방향으로 그를 쫓아온 카일의 얼굴을 마주 봐야 했다.

워어어!

로베르토의 하울링이 다시 한 번 울려 퍼졌지만 카일은 미소를 지을 뿐 아무런 영향이 없었다. 카일이 왼손을 뻗어 로베르토의 길게 튀어나온 주둥아리를 붙들더니 그대로 아래로 내팽개쳤다.

"크억!"

카앙! 캉! 카앙!

카일의 대검이 휘둘러질 때마다 로베르토는 이전처럼 제자리에서 막지 못하고 계속 뒤로 밀려 나갔다. 카일의 검에서 뿜어져 나오는 어둠의 기운이 로베르토의 양팔에 막힐 때마다 어둠의 칼날이 사방으로 튀어나와 주변에 있던 몬스터들을 마구 난도질했다.

"이 힘은… 도대체……!"

이전과 수준 자체가 확연히 다른 위력의 공격임을 로베르토는 직감으로 알아챘다. 하지만 어둠을 유지하기 위한 마나를 계속 공급하기 위해선 부하들이 이런 식으로 죽어 나가는 걸 보고 있을 수만은 없었기에 물러서기란 불가능했다.

로베르토의 양팔에는 깊게 베인 검상이 여기저기 자리 잡아 피투성이가 되었고, 길게 자라나 있던 손톱은 카일의 공격을 이기지 못하고 짧게 잘려 나간 지 오래이다.

"빨리 끝나야 할 텐데……."

제럴드는 흑염의 기운 중 어둠의 힘을 극도로 끌어올려 싸우고 있는 카일을 걱정스러운 시선으로 바라보고 있었다.

반면 자신들을 위협하던 몬스터들이 우수수 죽어나가고, 막강한 힘을 보여주었던 웨어울프마저 밀리고 있음에도 마법사들의 눈빛은 전보다 더 깊은 두려움에 빠져 있었다. 커투스는 다시 기절해 쓰러진 지 오래였다.

"모두 진정하십시오."

제럴드는 당장에라도 도망칠 기세일 마법사들에게 손을 내밀더니 아래로 저으며 도로 앉으라고 지시했다.

"이런 상황에서 함부로 움직였다간 여러분까지 휘말릴 수 있습니다. 다행히 우리 근처에서 싸우는 게 아니니……."

말은 그렇게 했지만 제럴드 역시 두렵기는 마찬가지였다.

그는 카일의 특기 중 하나인, 두 가지 속성을 동시에 지닌 흑염의 기운 중 의도적으로 어둠의 힘을 극도로 끌어올려 싸우는 상태인 블랙아웃(Black out)을 여러 차례 목격했다.

시간이 지날수록 카일이 지닌 어둠의 기운이 더욱 강해지지만 이성의 끈을 놓칠 가능성도 높아진다. 결국 뒤처리는 어둠과 극상성의 힘인 빛을 지닌 페이서의 역할이기도 했다. 그 페이서가 이 자리에 없다는 게 가장 큰 문제였지만.

콰아앙!

또다시 폭발음이 들리면서 달빛 아래 몬스터의 난도질된 시체들이 위로 솟아올랐다. 몬스터의 수가 눈에 띄게 줄어들면서 밝게 빛나고 있는 만월이 희미해지기 시작했다.

로베르토는 더 이상 부하들을 보호하는 걸 포기하고 어떻게든 반격의 기회만을 엿보며 방어와 회피에 전념했다.

하지만 웨어울프 특유의 재생력을 뛰어넘는 카일의 힘은 견고한 로베르토의 육체를 어느새 피투성이로 만들었다.

'그렇다면……'

카일을 이기는 게 불가능하다고 판단한 로베르토는 마탑 쪽으로 시선을 돌렸다. 그리고 카일의 공격을 피해 마법사들을 향해 돌진했다.

"역시 이럴 줄 알았습니다."

제럴드는 지니고 있던 시험관을 모조리 꺼내 양손에 꼈다. 양팔을 크게 휘두르자 시험관들이 땅속에 파바박 박히면서 거대한 원을 그렸다.

"형성하라!"

시험관이 일제히 깨지면서 압축되어 있던 물이 사방으로 튀어 올랐다. 제럴드를 향해 달려오던 로베르토가 도약하더니 양팔을 교차시켜 휘두르는 순간, 지면을 뚫고 거대한 얼음송곳이 우수수 솟아오르며 로베르토의 앞을 가로막았다.

그리고 어느새 따라온 카일이 로베르토의 머리 위에서 검을 아래로 향한 채 낙하했다.

콰앙!

폭발음과 함께 산산조각 난 얼음 조각이 사방으로 튕겨 나
갔다.

제럴드가 남은 마나를 모조리 쏟아부어 형성한 방어막에
얼음 조각이 도로 튕겨 나가면서 뒤에 있던 마법사들의 시야
를 가렸다.

얼음 조각이 모조리 땅에 떨어지는 순간, 시간의 흐름을
거스른 어둠이 서서히 사라지더니 만월과 함께 모습을 감췄
다.

"으윽……."

갑자기 하늘에서 쏟아지는 햇빛에 제럴드는 눈을 질끈 감
고 고개를 옆으로 돌렸다.

"카일! 괜찮습니까?"

제럴드는 눈을 감고서 카일을 찾았다.

그동안의 경험으로 비춰보면 더 이상 블랙아웃 상태가
유지된다면 카일의 이성이 다시 돌아올 가능성은 희박했
다.

"크윽, 이제 되었으니… 제발 물러가."

카일은 왼손으로 자신의 얼굴을 붙들더니 혼잣말을 중얼
거렸다. 블랙아웃에 들어선 이후 계속해서 자신을 유혹하는
'누군가'의 귓속말과 싸우는 중이다.

「이제야 나에게 완전히 몸을 맡길 생각이 들…….」

"닥쳐!"

5

고함 소리와 함께 그를 감싸던 어둠의 기운이 위로 올라가
며 스르륵 사라졌다.

"으윽……."

카일은 골이 빠개지는 듯한 고통 속에서 비틀거렸다.

간신히 대검을 지팡이 삼아 의지하긴 했지만 한 번 찾아온
고통은 쉽게 사라지지 않았다.

"제길, 이래서 어둠의 힘은 골치 아파. 페이서처럼 마음 편
히 쓸 수 있는 빛의 힘을 택할걸."

"그 말, 지겹게 듣는 입장에선 어떤지 아십니까?"

"그래도 이번엔 페이서 없이 해냈으니 칭찬받을 일 아니
야? 살짝 발만 담갔다가 빼낸 수준이라 가능했다는 건 넘어가
자고."

제럴드의 지적에 카일은 애써 미소를 지으며 주변을 둘러
보았다.

마탑을 둘러쌌던 몬스터들은 어느새 숫자를 셀 수 있을 정도로 확 줄어 있었다. 블랙아웃 상태에서 카일이 지나간 자리엔 피가 흥건하게 자리 잡았고 지금 서 있는 자리 바로 뒤까지 이어졌다.

"역시 뒤처리는 제 역할이로군요."

"그래도 네 덕분에 최악의 상황은 면했다. 고마워."

"휴우……."

제럴드는 한숨을 내쉬며 발아래 놓인 얼음 조각들을 내려다보았다. 만약 그가 얼음으로 이뤄진 방벽을 형성하지 않았다면 자신은 물론이거니와 마법사들의 목숨을 장담하기 힘든 상황이었다.

"어이, 이제 이 정도로 끝내지 그래?"

카일은 지끈거리는 왼쪽 관자놀이를 손가락으로 꾹꾹 누르며 앞으로 걸어갔다. 로베르토의 오른손에는 어깨 아래로 잘려 나간 왼팔이 쥐어져 있었다.

"네가 만든 만월도 끝났고, 보아하니 여기로 쳐들어온 목적이 저깟 허름한 마탑 하나 먹으려는 건 아니었잖아?"

웨어울프가 아닌, 처음 나타났을 때의 인간 모습으로 돌아간 로베르토는 거친 숨을 내쉬며 눈썹 사이를 찌푸렸다.

그리고 그 오른편에 서 있는 마족 여성은 당장에라도 카일을 죽일 듯한 기세로 노려보고 있었다.

카일은 처음 모습을 드러낸 마족 여성의 정체를 단번에 파악하고선 입술을 모아 휘파람을 불었다.

"서큐버스(Succubus)라……. 꽤 오랜만에 보는 마족인걸?"

어깨 위로 솟아나 있는 두 개의 검은 날개.

육감적인 몸매를 스스럼없이 드러내는 가죽 재질의 의상은 남자들의 시선을 모으기에 충분했다. 무엇보다 바라보는 이 모두를 빨아들일 것 같은 깊이를 알 수 없는 검은색 눈동자는 서큐버스의 가장 큰 특징이다.

"주인님, 이대로 물러나서는 안 됩니다."

서큐버스 셀피아는 접었던 날개를 활짝 펼치며 공중에 살짝 떠올랐다. 순간 셀피아의 몸에서 뿜어져 나온 어둠의 기운이 지면을 타고 빠르게 확산되었다.

"아차, 저건……."

카일은 뒤를 돌아 마탑 부근에 있는 마법사들을 향해 시선을 돌렸다.

"아이고, 일 터졌네."

카일은 왼손으로 얼굴을 감싸 쥐며 고개를 설레설레 저었다.

광범위하게 전개된 서큐버스의 '매혹'이 남자들을 붙들어버렸다. 그들은 깊은 환상에 빠져 손을 허공에 대고 허우적거리며 셀피아를 향해 천천히 걷기 시작했다. 몇 명은 바닥에 쓰러진 채 사타구니를 붙잡고 거친 숨을 몰아쉬었다.

콰앙!

"어이, 마족 아가씨, 장난은 그만하지 그래?"

폭발음과 함께 먼지가 짙게 피어올랐다.

카일은 검을 휘두른 뒤 피어오른 먼지 때문에 손등으로 입을 막고 먼지가 서서히 가라앉기를 기다렸다.

셀피아가 있던 자리에는 검게 그을린 자국이 넓게 자리 잡았고, 셀피아 본인은 로베르토의 오른쪽이 아닌 왼쪽에 서 있었다.

그녀가 있는 힘껏 잡아당기고 있는 채찍 끝이 카일의 대검을 둘둘 휘감고 있었다. 카일은 여유로운 표정으로 한 손에 쥔 검을 끌어당겼다가 손에 힘을 빼기를 반복했다.

그렇게 팽팽하게 당겨진 채찍을 사이에 두고 둘 사이의 실랑이가 이어졌다. 인간과 마족, 그리고 남성과 여성이기도 한 둘은 서로 얼굴을 마주 보며 시선을 떼지 않았다. 그러나 셀피아가 원하는 일은 일어나지 않았고, 카일은 그녀의 의도를 이전부터 알아채고서 가볍게 웃을 뿐이다.

"역시 흑염의 기운을 지닌 인간… 내 매혹이 통하지 않다니."

셀피아는 아쉬워하는 표정으로 채찍을 도로 거두어들였다.

그와 동시에 무수한 수의 뱀이 꿈틀거리는 것처럼 검은 기운이 지면을 타고 도로 셀피아의 몸으로 돌아갔다. 그러자 바닥에 쓰러져 발광하던 남자들이 눈을 번쩍 뜨며 얼굴을 붉혔다.

"너희가 쓰는 기술 상당수는 나에게 안 통할걸? 그나저나 제럴드, 넌 괜찮아?"

다른 남자들이 보여줄 거 못 보여줄 거 구별하지 못하고 난장판을 벌인 것에 비해 제럴드는 카일처럼 평정심을 유지했다.

제럴드는 손가락으로 안경테를 살짝 들어 올리며 한숨을 살짝 내쉬었다.

"전 마법사라……."

"방금 전 떼거지로 걸어오던 놈들도 마법사잖아?"

"30년 가까이 마법 하나에 몰두해 온 저와 비교하면 속상합니다."

"알았으니 네 허벅지에 찔러 넣은 와이어부터 빼. 그러다가 과다 출혈로 쓰러진다?"

제럴드의 오른쪽 다리를 타고 흘러내린 피가 발 주변을 붉게 물들이고 있었다.

"크윽……."

허벅지를 관통한 와이어를 도로 빼내는 순간 제럴드는 이를 악물며 고통을 억지로 참아냈다.

그사이 로베르토는 잘려 나간 오른팔을 다시 접합시키고 빙빙 돌려보며 제대로 회복되었는지 확인 중이다. 접합부 사이를 가는 실처럼 촘촘히 잇고 있는 어둠의 기운은 셀피아의 능력이었다.

"주인님, 저 카일이라는 인간은 몰라도 제럴드라는 마법사라도 이 자리에서 끝을 봐야 합니다."

셀피아는 아직도 미련을 버리지 못하고 전의를 불태우고 있었다.

반면 그녀에게 주인이라 불린 로베르토는 더 이상의 싸움은 의미가 없다고 판단한 지 오래였다.

"더 싸우면 우리가 불리해진다. 저 멀리서 다가오는 강렬한 마나가 느껴지지 않느냐?"

"그렇다면 다른 인간들을 인질로 삼아서라도……."

"저 인간에겐 인질의 의미가 그다지 중요하지 않다."

결국 셀피아는 입술을 굳게 다물더니 로베르토의 뒤로 물러섰다.

"그러면 물러가는 거겠지? 혹시라도 딴생각 품으면 진짜 지옥이 뭔지 보여줄 테니 조용히 가도록 해."

말은 그렇게 했지만 현재 카일이 지닌 흑염의 기운은 어둠의 기운을 극도로 끌어올린 반동으로 꽤 약화되었다.

그걸 로베르토도 알고 있었지만 다시 만월이 뜨지 않는 이
상 웨어울프로서의 힘을 이끌어낼 수 없기에 피차 마찬가지
였다.

"그런데 아까도 느낀 건데, 너 못 보던 얼굴이다? 웬만한
마족 지휘관 얼굴은 다 기억하는데⋯⋯."

"세대교체다."

"그런가?"

20년의 시간이 인간뿐만 아니라 마족 사이에서도 흘러갔
다는 의미이다.

'마족의 세대교체는 확실히 이뤄졌어. 공작급의 웨어울프
를 처음 상대해서 그럴지도 모르겠지만, 이전 마족 공작들에
비해 강한 느낌이야.'

그에 반해 인간 측 세대교체는 제대로 이뤄진 느낌이 들지
않아 답답한 기분이 들었다.

"카일, 우리의 승부는 다음으로 미루도록 하지."

로베르토는 더 이상의 미련을 남겨두지 않고 뒤돌아서더
니 그대로 걸어갔다. 그의 부하 서큐버스 셀피아는 그대로 멈
춰 서 있더니 제럴드를 바라보며 입을 열었다.

"프로스트 엣지(Frost edge) 제럴드⋯⋯."

참으로 오래간만에 들어보는 이름 앞의 아명에 제럴드는
몸을 움찔거렸다.

과거 20년 전에 끝난 전쟁에서 냉기의 마법을 자유자재로 사용해 몬스터들을 살육하던 제럴드의 모습이 마치 서리로 만들어진 칼날 같다며 마족들이 붙여준 아명이다.

"다음에 만난다면 이런 식으로 애매하게 끝나지는 않을 것이다."

셀피아는 날카로운 눈빛으로 그를 노려본 뒤 날개를 쫙 펼쳤다. 그리고 로베르토의 뒤를 따라 날아갔다.

6

로베르토, 그리고 그가 끌고 온 몬스터들이 지평선 너머로 완전히 사라지자 카일은 긴장을 풀고 검자루에 쥔 손의 힘을 풀었다.

"아, 지친다, 지쳐."

항상 붙어 다니던 네 명 중 두 명이 없는, 게다가 자신 혼자만 예전의 힘을 고스란히 지닌 상태에서 벌인 마족과의 전투는 생각 이상으로 피로감을 안겨주었다.

마법사들은 일제히 땅바닥에 주저앉고서 식은땀을 줄줄 흘리고 있었다. 몬스터들로부터 느낀 생명의 위협보다 자신들을 구해준 카일의 알 수 없는 힘이 더 두려웠던지라 그와 시선이 마주치는 순간 허겁지겁 뒤로 물러섰다.

그러던 와중, 마법사들이 일제히 일어섰다. 그들이 사라진 반대 방향에서 다른 의미에서 더 무서울 수 있는 인간이 나타났기 때문이다.

모래바람을 일으키며 달려온 마차가 마탑 앞에 멈춰 서자, 그 뒤에서 말을 타고 따라오던 마법사들이 마차 뒤에 줄을 맞춰 일렬로 섰다.

마차 문이 열리자 계속 눈치만 보던 커투스가 눈을 크게 뜨며 허겁지겁 마차를 향해 달려갔지만 그보다 먼저 제럴드가 자리를 차지하고 있었다.

"자네는… 제럴드로군."

"오래간만에 뵙겠습니다, 스승님."

20년이라는 시간이 흘러가면서 중년의 스승은 백발의 노인이 되었고, 제자는 스승의 나이가 되었다.

페이루트 왕국 소속의 궁정마법사 제이스 켈리온은 몬스터의 시체가 둘러싸인 마탑 주위를 둘러보며 감탄을 금치 못했다.

"이렇게 많은 몬스터를… 커투스 학원장이 그랬을 리는 없고, 자네 힘인가?"

"보시다시피 저의 마나는 예전에 비하면 보잘것없는 수준에 불과합니다. 다행히 오래간만에 만난 전우의 역할이 컸습니다."

제럴드는 자신의 옆으로 다가온 카일을 가리켰다.

그러자 제이스는 한동안 카일의 얼굴을 빤히 쳐다보며 눈을 가늘게 떴다.

"분명히 본 기억이 있는 얼굴인데……."

제이스의 기억 속에 남아 있는 카일의 얼굴과 지금 제자 옆에 있는 남자의 얼굴은 거의 일치했다. 하지만 20년 전에 본 남자의 외모가 그대로일 리는 없기에 그 사람의 아들이나 핏줄일 거라는 추측으로 연결되었다.

"기억나지 않으십니까? 저와 함께 20년 전 암흑의 화신 제이블란트의 봉인을……."

"오오! 그렇다면 이 사내가 그 미친… 아, 아닐세! 흠흠!"

제이스는 하던 말을 급하게 멈추고 대신 헛기침을 연발했다.

카일이 20년 전 활약하던 장면을 직접 본 이들이 연상하는 수식어는 '비운의 검사'와는 확실히 거리가 멀었다. 예전 카일이 활약할 때의 수식어 '미친개'가 본능적으로 떠오른 탓이다.

"정말 카일 맞는가? 암흑의 화신 제이블란트를 스스로의 몸을 바쳐 봉인한 그……."

"바치진 않고 잠시 빌려주었을 뿐이죠."

카일은 아무 일도 아니라는 듯 어깨를 살짝 으쓱였다.

그러자 제이스의 말을 들은 마법사들이 웅성거리기 시작
했다.

"저 청년이 제럴드 스승님과 함께 싸웠다는 그 카일이었
어?"

"아무리 봐도 우리와 비슷한 나이인데?"

"이제야 기억났어! 빛의 용사 페이서와 함께 다녔다는…
소문이 진짜였어?"

터무니없이 부풀려진 탓에 웃어넘겼던 소문의 주인공이
바로 그들의 눈앞에 있다. 그 주인공인 카일은 팔꿈치로 제럴
드의 옆구리를 쿡쿡 찔렀다.

"제럴드, 날 네 스승님께 소개시켜 주려고 기다린 건 아니
었잖아?"

"아, 그렇지요."

제럴드는 재빨리 마법서를 펼치더니 그 안에 숨겨둔 두툼
한 종이봉투를 꺼내 제이스에게 건넸다.

"이건 무엇인가?"

"현 학원장이 얼마나 많은 금액을 빼돌렸는지 기록한 비밀
장부 중 하나입니다. 방금 드린 건 등록금에서 횡령한 목록이
고, 요건……."

페이지를 촤르륵 넘길 때마다 사이에 껴 있던 문서들이 우
수수 쏟아져 나왔다.

“허허허……”

문서를 읽어나갈수록 제이스의 입에서 어이없는 웃음이 흘러나왔다. 카일은 이제야 제럴드의 의도를 알아채고 그의 얼굴을 쳐다보았다.

“제럴드, 아까 저놈 살려달라는 이유가 이거였어?”

“제가 순순히 당하기만 하고 떠날 거라 생각했습니까?”

웃음기가 싹 빠진 제럴드의 표정에 옛날 일을 떠올렸다.

“그래, 기억났어. 용서는 페이서 그 녀석의 몫이었고……”

“폭로는 저, 그리고 응징은 당신의 역할이었지요.”

네 명이 함께 다니기 시작한 이후 그들 앞에 뭔가 문제가 닥치면 이런 식으로 역할 분담이 자연스럽게 이뤄졌다.

“그런데 굳이 이번엔 내가 뭘 할 필요는 없겠어. 저 녀석 꼬라지 봐. 장난 아닌데?”

제이스가 데리고 온 마법사들이 커투스를 붙들고 도망치지 못하게 마탑 안으로 끌고 들어갔다. 커투스는 눈물콧물 다 흘리며 억울함을 호소했지만, 평소 그의 행보를 알고 있는 마법사들은 조금도 동정하지 않았다.

제이스는 끝이 보이지 않는 커투스의 비리 행각에 인상을 쓰며 이마 사이를 손으로 꾹 눌렀다.

“내가 결정한 사항은 아니지만 저런 망나니를 자네가 상관으로 섬겨야 했다니 정말 고충이 심했겠네. 자네가 힘들어할 때 도와주지 못한 게 항상 마음에 걸렸는데 말일세.”

“아닙니다. 가장 절 변호해 주신 분이 스승님이라는 사실은 아직도 잊지 않고 있습니다.”

“지금이라도 자네를 도와주고 싶은데, 괜찮겠나?”

“아직 이릅니다. 괜히 스승님마저 말려들 수 있습니다. 적절한 때가 되면 제가 직접 찾아뵙겠습니다. 이 마법서를 보내주신 것만으로도 뭐라 감사드릴 말이 없습니다.”

“난 그저 가문 대대로 전해 내려오는 비법으로 책 한 권 만들어 보낸 것에 불과하네. 그걸로 제자의 불행을 막지 못한 책임을 졌다고 보기엔 과분하지.”

제이스는 길게 자라난 수염을 매만지며 과거 제자의 몰락을 지켜봐야만 했던 아픔을 다시 떠올렸다.

“아, 그러고 보니 자네 덕분에 마탑의 마법사들이 목숨을 구했는데 고맙다는 말 한마디 안 했구먼. 정말 고맙네. 물론 말로 끝내지 않고 그에 합당한 보상을 해주고 싶은데, 뭐가 좋겠나?”

“별거 없습니다. 20년 전의 미친개 카일이 다시 나타났다고만 알려주십시오. 제이스 님의 입으로 직접 부탁드립니다. 마족들도 절 알아보는데 막상 사람들은 절 몰라보니 기분이 참 묘해서 말입니다.”

“고작 그거뿐인가?”

"아무리 저라 해도 동료의 스승에게 뭔가 뜯어낼 정도로 염치없는 놈 아닙니다."

"허허허! 역시 20년 전 그대로구먼!"

제이스는 너털웃음을 터뜨리며 20년 전의 기억을 떠올렸다.

자신의 제자 중 가장 각광받던 제럴드를 전쟁터에 보낸 게 항상 걱정되었던 제이스는 여러 가지 핑계를 대며 제자를 찾았다. 그리고 믿을 수 있는 동료와 함께 있는 제자를 흐뭇한 눈빛으로 바라보았다.

그로부터 20년이 흘러 위에서 아래로 내려가는 제자를 보며 안타까워했다. 자신의 곁을 지켜주었던 동료들과 떨어져 외로워하는 제자를 멀리서 바라만 봐야 했던 제이스는 근심을 떨쳐내기 힘들었다.

하지만 다시 걱정할 필요는 없다고 느껴졌다. 전과 다를 바 없이 믿을 수 있는 동료와 함께하는 제자를 두 눈으로 확인했으니까.

"그러면 난 먼저 마탑에 들어가 있겠네. 이놈에 대한 처분을 결정한 뒤 자네 방에 들르도록 하지. 오래간만에 자네가 직접 타주는 차도 한잔하고 말일세."

"알겠습니다."

제이스가 마탑 안으로 들어가자 남아 있던 마법사들이 모두 줄을 지어 안으로 들어갔다.

단둘이 남게 된 카일은 제이스의 오른쪽 어깨에 왼손을 살짝 얹었다.

"한 가지만 물어볼게. 너 아까 그 마족의 권유를 거절한 이유가 지금 그 복수 때문이었지?"

"눈치채셨습니까?"

"이야기가 이렇게 흘러갔는데 모르면 바보 아냐?"

"인간 쪽에 있는 상황에서 저 비리를 밝혀야 먹히게 마련이지요. 만약 마족 편으로 돌아섰다면 그 상태에서 폭로해 봤자 사실 유무에 상관없이 먹히지 않았을 겁니다."

제럴드는 오래간만에 마법을 쓴 오른손을 펼쳐 얼굴 가까이 가져갔다. 이미 잊어버렸다고 생각했던 감각이 돌아온 자신의 손이 낯설고도 익숙하게 느껴졌다.

"무엇보다… 제가 인간들을 위해 싸웠다는 사실 자체를 제 손으로 부정하고 싶진 않았습니다."

페이서, 카트리나, 그리고 제럴드가 공통적으로 지닌 마음이기도 했다.

그것 하나 때문에 그들은 하루하루 몰락하는 가운데 그나마 계속 살아갈 힘을 얻을 수 있었다.

"뭐, 나도 확실히 하나 느낀 게 있어. 현재의 우리 둘로선 아직 부족해. 당연하다면 당연한 사실이겠지만, 만일 제이블란트를 봉인하기 전이었다면 훨씬 힘든 싸움이 되었을 거야."

암흑의 화신 제이블란트의 가장 무서운 면모는 마족들의 힘을 최대로 이끌어낼 수 있는 환경을 만들어낸다는 점이다.

실제로 카일이 가장 고전했던 전투 중 하나는 3일 내내 지속되는 만월 아래에서 수십여 마리의 웨어울프에게 둘러싸였던 경우다. 인간도 마족도 아닌 '암흑의 화신' 만이 구현 가능한 일이었다.

"지금 와서 하는 말이지만, 제대로 내가 맘만 먹었다면 저 웨어울프 공작을 처치했을지도 몰라."

"죄송합니다."

"괜찮아. 널 구한 게 가장 기쁘니까. 어차피 그 로베르토란 놈은 분명히 다시 만날 거야. 그때 처리하면 되겠지."

카일은 아직도 원래의 자리로 돌아가지 않고 튀어나온 관자놀이의 혈관을 매만졌다.

"그것보다, 제럴드."

카일은 대검을 땅에 쑥 박아 넣더니 양손으로 제럴드의 어깨를 움켜쥐었다.

"이제 그만 버티고 좀 쉬어라."

"눈치… 채셨습니까?"

　로베르토의 마지막 공격을 막아내기 위한 마법에 마나를
거의 다 쏟아부은 제럴드의 몸은 당장에라도 쓰러질 듯했다.
하지만 제이스가 마탑 안으로 들어갈 때까지 내색하지 않고
억지로 버티고 있었다.

　제럴드의 몸이 앞으로 천천히 기울어지더니 그대로 카일
의 품에 안겼다.

　"포근해?"

　카일은 장난기 섞인 미소를 지으며 오래간만에 옛 실력을
보여준 친구의 등을 두들겼다.

　"그래도 네 실력, 죽지 않았더라. 프로스트 엣지란 아명을
마족들이 아직 기억할 정도잖아?"

　"전 아직 한창인… 나이입니다."

　카일은 고개를 옆으로 돌려 마탑의 반대 방향을 바라보았
다.

　막 저물기 시작한 해 주변으로 붉은 저녁노을이 지평선을
타고 퍼져 나가고 있었다.

7

　엘레힘 신성력 1325년 11월 29일.

아침부터 쏟아지기 시작한 비가 정오가 지난 지금에도 안개의 숲을 축축이 적시고 있다.

그 빗줄기 한가운데 무릎을 꿇고 앉아 있는 페이서는 고개를 숙인 채 이를 악물고 있었다.

"어떻게 해야……."

그는 땅바닥에 주먹을 대고 한탄했다. 주먹을 내려칠 때마다 튀어 오른 물보라가 그의 얼굴을 적셨다.

"어떻게 해야 나에게 빛이 다시 돌아올 수 있는 거지?"

3주 전, 자신의 오른손이 빛에 감싸인 걸 본 페이서는 스스로 빛의 힘을 되찾을 수 있다는 희망에 가득 찼다. 그리고 카일이 지시한 내용 이상의 수련에 매달렸다.

매일 지쳐 쓰러질 때까지 숲을 달리고, 물집이 터져 진물이 나올 때까지 검을 휘두르고, 급기야는 거의 기어가다시피 할 정도로 몸을 혹사시킨 후에야 오두막에 들어가 곯아떨어졌다.

예전엔 완전히 포기하고 노력하지 않던 게 문제라면, 지금은 반대로 혹사에 가까울 정도로 몸을 굴리고 있었다.

그러나 시간이 흘러가도 그의 오른손이 다시 빛나는 일은 없었다. 온몸이 상처투성이가 되도록 하루하루를 보내던 페이서의 마음은 조급해지기만 했다.

"역시 성검을 다시 찾아와야 하는 걸까?"

성검 레디언스로 암흑의 화신 제이블란트를 봉인한 이후 그를 포함한 다른 동료들의 힘이 급속도로 약화되었다는 사실이 그의 뇌리에서 떠나질 않았다.

그렇다고 성검을 지하 던전에서 다시 찾아온다면 기껏 완성했던 봉인이 풀리면서 지금보다 더한 지옥이 펼쳐질지 모른다는 두려움이 페이서를 사로잡았다.

"난 도대체… 어떻게 해야 하지?"

카일을 다시 만나기 전까지 그는 다시 과거의 자신으로 돌아갈 수 있다는 희망을 완전히 버렸다.

그리고 그 실낱같은 희망의 끈을 움켜쥐었지만 잡아당기지 못하는 지금 더 큰 절망이 그의 마음속에 자리 잡고 떠나질 않았다.

"카일… 카일! 난 어떻게 해야 해? 가르쳐 줘! 제발!"

페이서는 고개를 들고 친구의 이름을 목 놓아 외쳤지만 돌아오는 대답은 없었다.

더 이상 외칠 힘도 사라진 페이서는 앞으로 풀썩 쓰러졌다.

쉬지 않고 하늘에서 쏟아지는 빗방울 소리만이 그의 귓가에 맴돌았다. 흠뻑 젖은 몸엔 차가운 기운만이 느껴졌고, 입술을 질끈 깨문 이 아래로 흘러내리는 피 냄새가 코안으로 흘러들어 왔다.

그런 페이서의 머리 위에 어디선가 날아온 박쥐들이 빙빙 돌며 날갯짓을 했다.

"드디어… 만났군요!"

낯설면서 동시에 익숙한 목소리가 페이서의 귓속으로 파고들었다.

"페이서 님 맞죠?"

붉은 드레스를 걸친 여성이 눈을 깜박거리며 페이서를 내려다보고 있다.

"당신은 설마……."

20년 전, 암흑의 화신 제이블란트가 봉인된 이후 페이서의 곁을 떠났던 뱀파이어 코델리아였다.

그녀는 마지막으로 본 그때와 하나도 달라지지 않았다. 붉은색의 입술과 길게 자란 머리카락은 아름다우면서 매혹적이었다.

그리고 동시에 바뀌어 버린 자기 자신을 떠올리며 페이서는 들었던 고개를 도로 숙였다. 머리를 적신 빗방울이 그의 뺨을 타고 뚝뚝 떨어졌다.

"코델리아 님, 저는……."

자신을 다시 찾아와 주었다는 고마움 이전에 부끄러움이 앞선 나머지 차마 얼굴을 들 수 없었다.

"당신을 쳐다볼 자격조차 없습니다."

"페이서 님."

"전… 당신의 감정을 알고… 있으면서도 응하지 못했습니다. 그리고… 당신을 잊어버리고 있었습니다. 무려 20년 가까이……."

페이서는 목이 메어 말을 제대로 이을 수 없었다.

"20년… 말인가요?"

방금 전까지 그의 앞에서 들리던 코델리아의 목소리가 등 너머에서 들려왔다.

페이서는 등 위로 투둑투둑 떨어지던 차가운 빗줄기 대신 부드러운 여성의 손길을 느끼고 고개를 옆으로 돌렸다. 그러자 두 무릎을 붙이고서 비스듬히 앉아 있던 코델리아는 페이서의 입술로 손을 가져갔다.

"저에겐 고작 20년밖에 안 된답니다."

코델리아는 부드러운 미소를 입에 머금고서 손가락으로 피를 닦아냈다.

"그땐 페이서 님의 마음속에 먼저 자리 잡은 이 때문에 물러서야만 했죠. 지금도 그런가요?"

"저, 저는……."

"만약 당신의 마음속에 절 담아둘 공간이 여전히 없다면 물러서겠어요. 그리고 생길 때까지 기다리겠어요. 10년이 걸리든 20년이 더 흘러가든 당신이 살아만 있다면……."

코델리아는 페이서의 등을 어루만지던 손을 슬그머니 그

의 얼굴 앞에 내밀었다.

　페이서는 몇 번 머뭇거리다가 용기를 내어 그녀의 손을 붙잡았다.

　"이제야 제 마음이 당신에게 닿았군요."

　여전히 안개의 숲에선 비가 주룩주룩 내리고 있었지만, 페이서의 몸은 더 이상 차갑지 않았다.

Chapter 08
21년 만의 귀향

흑암의 귀환자

1

엘레힘 신성력 1325년 12월 5일.

마차 안 의자에 등을 기댄 카일은 말없이 창밖을 응시했다.
"벌써 겨울인가?"
눈으로 세상이 온통 하얗게 뒤덮었다.
"여름인가 싶었는데 어느새 가을이었고… 시간 한번 빠르군."
카일은 봉인에서 깨어났던 순간을 떠올리며 두 눈을 감았다.

지하 던전을 나오자마자 그를 맞이한 꽃향기가 낯설게만 느껴졌고, 시체와 피로 점철된 죽음의 대지 대신 싱그러운 수풀이 자라난 여름의 평원은 마치 꿈을 꾸는 듯한 착각을 불러일으켰다. 진짜 전쟁이 끝나고 평화가 찾아왔다는 실감이 났다.

반대로 겨울만큼은 전쟁 당시와 크게 다르지 않았다.

인간과 몬스터들의 시체가 서로 뒤엉킨 전장 위로 내린 눈은 모든 더러움과 추잡함을 오직 하얀색으로 뒤덮었다.

"그 녀석, 잘 도착했어야 할 텐데."

마탑 내의 모든 일을 정리한 제럴드는 카일과 헤어져 페이서가 있는 안개의 숲을 향해 떠났다.

다행히 그의 스승인 제이스가 직접 안개의 숲까지 동행하겠다고 했지만 걱정되기는 매한가지였다. 카일은 직접 제럴드를 데려다 주고 싶었지만, 이왕 여기까지 온 김에 고아원부터 가보라며 등을 떠밀렸다. 추가로 정신없이 여기저기 왔다 갔다 했으니 조금은 숨을 돌리라는 조언을 들었다.

하지만 막상 고아원으로 향하는 마차 안에서도 카일의 머릿속엔 지난 마탑에서의 전투가 떠올랐다.

'아, 그때 카트리나만 있었더라면…….'

예전 네 명이 함께 있을 때를 떠올리며 아쉬워했다.

카일과 페이서가 정면으로 돌진하면 후위에서 적절한 타

이밍에 활로 지원해 주던 그녀의 빈자리가 새삼 크게 느껴졌다.

마족과의 전쟁 당시 인간들이 카트리나의 이름 앞에 붙여 준 수식어는 성녀, 가희 두 개였지만 마족들이 언급할 경우엔 하나가 더 추가되었다.

슈팅스타(Shooting star).

성서(聖書)를 녹인 은으로 제작된 화살 앞에서 많은 수의 몬스터와 마족들이 정화되어 사라지던 장면을 떠올리며 카일은 씁쓸하게 웃었다.

'나란 놈은 참… 전쟁만 없다면 그 어떤 곳이라도 나와 함께하겠다는 카트리나의 마음을 받아주지도 못했으면서 정작 이런 장면만 떠올리고 있으니 인간이 덜되었어.'

그는 자책하면서 고개를 설레설레 저었다.

다시 창문 밖으로 시선을 돌리자 지평선 끝까지 하얀색으로 점철되어 있다. 눈을 의식해서 그런지 마차의 속도도 처음 탔을 때보다 상당히 느려져 있다.

"여기서 내려주십쇼."

"네?"

"더 이상 가면 나중에 되돌아갈 때 눈 때문에 꽤나 고생할걸요? 저야 걸어가면 되니."

카일은 마차를 멈춰 세운 뒤 문을 열고 밖으로 나왔다.

그러자 뽀드득 하는 소리와 함께 발목 아래까지 눈이 올라왔다.

마부는 어깨와 머리에 쌓인 눈을 툭툭 털어내며 카일을 걱정스러운 눈빛으로 바라보았다.

"괜찮습니까? 짐이 제법 무거워 보이는데……."

"이 정도야 아무것도 아니죠."

카일은 고아원의 아이들에게 줄 선물들로 가득 채운 두 개의 가방을 양쪽 어깨에 하나씩 휙 짊어졌다.

"히, 힘이 대단하군."

"그러니 걱정 말고 조심해서 돌아가십쇼."

카일은 오른손을 살짝 들어 인사한 뒤 앞으로 걸어갔다.

마부는 잠시 멍하니 눈 속을 헤쳐 가는 그를 바라보더니 뒤늦게 정신을 차리고 말머리를 반대로 돌렸다.

"이랴!"

다시 왔던 길을 되돌아가는 마차를 바라보며 카일은 입김을 내뿜었다.

"휴우, 역시 춥군."

그는 짐을 내려놓고선 갑옷 위에 걸친 방한복의 매듭을 단단히 맸다. 단지 숨을 쉬는 것만으로도 하얀 입김이 계속 뿜어져 나왔다.

"그래, 그때도 그랬지."

카일은 고아원이 있는 방향을 바라보며 10년 전, 하지만 실제로는 30년이나 전의 기억을 떠올렸다.

예전 이름도 모르던 용병의 손에 이끌려 고아원을 떠났던 소년은 펑펑 내리는 눈 속에서 아무런 표정 없이 앞만 바라보고 걸었다.

그리고 청년이 된 지금 반대로 고아원을 향해 걸어가고 있다. 30년 전과 마찬가지로 눈으로 하얗게 뒤덮인 세상을 바라보면서.

2

십 분 정도 계속 앞으로 걸어간 카일의 앞에 녹슨 철제 대문이 나타났다.

"왠지 기분이 묘한데……. 익숙한지 낯선지 도통 감을 잡을 수 없단 말이야."

마지막으로 고아원을 들른 이후 카일 본인의 시간상 1년 정도밖에 흐르지 않았다. 그러나 실제론 21년이란 오랜 시간이 흘러갔기에 막상 고아원에 도착하니 떠오르는 기억 자체가 맞는 건지 아닌지 애매모호했다.

얼마나 고아원이 변했는지 확인하기 위해 고개를 두리번거렸지만, 지금도 계속 내리고 있는 눈 때문에 고아원 지붕은 물론 앞의 공터까지 하얗게 변해 알아볼 수 없었다.

급기야는 자신이 길을 잘못 찾아왔나 하는 의구심마저 들었다.

"에이, 직접 물어보면 알겠지."

끼이익.

문을 열자 녹슨 경첩 사이에서 들리는 마찰음에 카일은 살짝 얼굴을 찡그리며 대문 안으로 들어갔다. 고아원 정문 근처에서 눈이 쌓이지 않도록 아이들이 눈을 치우고 있었다.

"원장님 계시니?"

카일은 아이들이 혹시라도 겁먹지 않도록 조심스럽게 말을 꺼냈다. 하지만 아이들은 그를 멀뚱멀뚱 바라보기만 할 뿐 단 한 명도 대답하지 않았다. 그리고 슬금슬금 눈치를 보더니 줄지어서 정문 안으로 들어가 버리곤 문을 닫아버렸다.

"어, 어이! 애들아!"

쾅쾅!

애들을 꼬드기기 위해 가방에서 선물을 꺼내던 카일은 뒤늦게 문을 두들겼지만 안쪽에선 아무런 반응도 없었다. 그렇다고 문을 부수고 들어갈 수도 없는 노릇이다. 결국 카일은 문 앞에 서성이며 누군가 열어주기만을 기다리고 있었다.

그렇게 십 분이 넘게 시간이 흐르자 그의 머리 위에 하얀 눈이 수북하게 쌓였다. 이젠 억지로라도 문을 부수고 들어가겠다고 결심했을 즈음.

"이것 보세요."

문이 벌컥 열리더니 깐깐한 목소리의 여성이 빗자루를 들고 나타났다.

"그렇게 애들을 데려가 놓고서 뭐가 부족해 또 여기 나타난 거죠? 이번엔 여자애들까지 데려갈 작정인가요?"

"으응?"

전혀 예상치 못한 반응에 카일은 두 눈을 동그랗게 떴다.

상대 여성은 빗자루를 내밀고서 당장 꺼지라며 휘휘 저었다.

"아가씨, 누구하고 착각한지 모르겠지만 난 여기 1년 만에… 무려 21년 만에 찾아온 거라고."

"21년?"

20대 후반으로 보이는 여성은 카일의 얼굴을 뚫어져라 노려보았다. 하지만 아무리 봐도 20대 초반으로밖에 보이지 않은 남자가 소년도 아닌 갓난아기였을 때 들렀다가 다시 찾아왔다는 이야기에 의심만 더욱 커졌다.

"아차, 우선 내 이름부터 말해야 했는데. 원장선생님한테 예전에 여기 있던 카일이 왔다고 좀 전해줘."

카일이라는 단어에 상대가 뒤로 한 걸음 물러섰다.

이번에도 카일을 뚫어져라 살펴봤지만 이전과 달리 놀란

눈으로 얼굴을 찬찬히 뜯어보고 있다.

"아, 미리 말해두겠는데 20년간 어떤 사정 때문에 늙지도 않고 스물세 살일 때 모습 그대로 나타난 거니 너무 캐묻진 말아줘. 설명하기 귀찮으니까. 그리고 어려 보이는데 초면에 반말 툭툭 내던진다고 뭐라 하진 말아줘. 나름 고아원 대선배라고, 나는."

이야기가 길어지자 문 너머 숨어 있던 아이들이 하나둘씩 카일 주위로 모여들기 시작했다. 그리고 열린 가방에 튀어나와 있는 사탕 상자를 발견하곤 조심스럽게 꺼냈다.

카일은 그런 아이들을 보며 미소를 지었다. 이곳을 방문할 때마다 그가 가져온 사탕과 과자를 보며 해맑게 웃던 아이들의 얼굴이 떠올랐다.

물론 그때 기억하던 아이는 모두 성장해 어른이 되었을 테니 지금 이 아이들일 리 없다.

"카일… 아저씨 맞죠? 저 기억나지 않으세요? 에밀리에요!"

카일을 계속 유심히 살펴보던 상대, 에밀리가 전과 달리 친근한 목소리로 그의 이름 뒤에 아저씨를 붙였다. 카일을 기억해 낸 에밀리는 다짜고짜 그의 팔을 붙들고 앞뒤로 흔들었다.

"저, 정말 옛날 모습과 똑같군요! 절 모르겠어요?"

"21년 전이라면 요 꼬맹이들만 한 나이였겠지? 그러면 기

억하기가 좀 힘들어. 그 나이 땐 1년만 지나도 쑥쑥 커버리잖
아."

"아이 참, 그러니까 저 에밀리라고요!"

"그러니까 이름만으로는 난 기억 못한다고."

"마지막으로 여기 오셨을 때 저에게만 제일 큰 사탕을 주
셨잖아요! 모르겠어요?"

"그랬었나?"

카일은 고개를 갸웃거리며 자세를 낮추더니 에밀리와 눈
높이를 맞췄다. 한참을 그렇게 에밀리의 얼굴을 살핀 후에야
희미하게 남아 있던 과거의 기억을 끄집어낼 수 있었다.

"아, 이제야 좀 기억난다."

하지만 그때 기억한 얼굴과 지금 에밀리의 외모와는 도저
히 접점을 찾기 힘들었다. 이전 동료들을 찾을 땐 이미 성장
한 후 나이가 들어서 그런지 옛날 이미지와 현재 이미지를 연
관시킬 수 있었지만 에밀리처럼 아주 어릴 때 본 경우는 성장
속도가 워낙 차이 나서 현재의 모습과 연관 점을 찾기 힘들었
다.

"너 옛날에는 짜리몽땅하고 맨날 울지 않았냐?"

카일은 오른손을 수평으로 펼치더니 에밀리의 머리 위 부
근에서 쑤욱 아래로 내렸다.

"코흘리개가 어느새 말만 한 아가씨가 되다니, 진짜 시간

이 많이 흘렀구나."

카일의 회상 속에서 에밀리와 같이 다니던 아이들의 모습이 하나둘씩 떠올랐다.

전쟁이 터지자 가뜩이나 돈이 없던 고아원의 재정난은 심해졌고, 아이의 수는 많아져 갔다. 카일이 정기적으로 찾아올 때마다 아이들은 환호성을 지르며 그에게 달려들었다. 물론 주목표는 그가 짊어지고 온 가방 안에 들어 있는 사탕과 과자였지만.

"그래, 그렇구나."

카일은 자신은 쳐다보지도 않고 가방 안을 뒤지느라 정신없는 아이들을 보며 마치 21년 전으로 돌아간 듯한 착각이 들었다.

"난 진짜로 돌아온 거구나. 이곳으로."

가슴이 뭉클해지는 감정에 카일은 고개를 들어 하늘을 바라봤다. 여전히 하얀 눈이 펑펑 내리고 있다.

"원장선생님! 여기 보세요! 카일 아저씨가 오셨다고요!"

에밀리가 누군가의 손을 붙잡고 문 앞으로 끌고 왔다.

40대 후반의 여성이 눈을 크게 뜨고 카일을 쳐다보았다. 그녀는 그와 시선이 마주치는 순간 몸이 경직되어 움직일 수가 없었다. 지금 그녀 앞에 있는 카일이 현실이 아닌 환상 속에 나타난 것처럼 느껴졌다.

"카일?"

그녀는 벌벌 떠는 손을 앞으로 뻗어 카일의 얼굴로 가져갔다.

"카일 맞니? 저, 정말로… 카일이니?"

그녀의 손가락 끝이 카일의 볼을 천천히 쓰다듬더니 길게 자리 잡은 흉터를 조심스럽게 어루만졌다. 반면 카일은 원장이라 불린 여성이 자신이 기억하고 있던 얼굴과는 전혀 딴판이라 혼란스러웠다.

"날 기억하지 못하겠니?"

"잠시만요. 흐음……."

카일은 눈을 감고 방금 전 본 원장의 얼굴을 20년 전으로 되돌려 보았다. 하지만 여전히 헷갈렸기에 더 오래전 기억 속으로 파고들었다.

"혹시 마리 누나?"

"그렇단다."

"맞군요……."

이번엔 카일의 목소리가 떨리고 있었다.

자신보다 다섯 살 위의 같은 고아원 출신으로 카일에게 있어서 그의 짝사랑이었고, 동시에 첫사랑이었다.

그리고 두 단어의 의미대로 이뤄지지 못한 인연이었다.

"어, 언제 고아원에 돌아오신 거죠? 아니, 그, 그것보다 누나가 원장이 되었나요?”

“사, 살아 있었구나. 지금 내가 꿈을 꾸고 있는 거 아니지? 그렇지?”

“제가 죽기는 언제 죽었다고 그래요? 단지 암흑의 화신인가 뭔가를 봉인 좀 하느라 시간이 걸린 것뿐이에요. 요즘 한창 소문이 돌고 있을 텐데 모르시나요?”

카일은 목소리의 떨림을 감추기 위해 일부러 으스대면서 말을 이어갔다.

“흐흑……”

마리는 결국 감정을 주체하지 못하고 몸을 숙이더니 눈물을 터뜨렸다. 카일은 자세를 낮추어 목 놓아 울고 있는 마리를 두 팔로 안았다.

“너무 늦게 와서 미안해요.”

마리는 천천히 고개를 들어 카일을 바라보았다.

항상 내려다봤던 소년은 어느새 위로 바라봐야 하는 청년이 되어 있었다.

3

원장실의 창문 밖으로 여전히 눈이 내리고 있다.

30년이라는 긴 시간이 흐른 후에야 상봉한 두 남녀는 허름한 테이블을 사이에 두고 서로 마주 앉았다.

카일은 마리가 직접 끓인 차를 음미하며 창밖을 바라봤다. 비록 싸구려 차이긴 해도 그 어떤 곳에서 마신 차보다 향기롭고 달콤하게 느껴졌다.

"그랬군요."

"지병이 악화되어 더 손쓸 수가 없었단다."

"벌써 5년 전에 돌아가셨군요, 예전 원장선생님은."

카일이 고아원에 머물던 당시 이미 고령이었기에 언제 떠나가도 이상할 것이 없다. 단지 과거의 기억 중 하나가 더 이상 만날 수 없는 추억으로 바뀐 게 아쉬울 따름이다.

"여기 들른 김에 원장님 묘지에 찾아가 봐야겠네요."

"그분은 돌아가시기 전까지 널 걱정했단다. 아무것도 모르는 아이를 전쟁터에 보내놓고 자신 혼자만 편하게 살았다며 자책하셨지."

"편하긴 뭐가 편하셨다고 그래요. 게다가 그분처럼 애들을 잘 살펴준 분은 없었다고요."

비록 배고픈 고아원 시절을 보냈지만, 그 이후 전쟁터를 돌아다니며 사리사욕만 챙기던 고아원 원장을 수도 없이 봐온 카일은 인자한 눈빛으로 아이들을 바라보던 예전 원장의 모습을 잊을 수가 없었다.

"그래도 아까 애들이 제대로 된 옷을 입고 있는 걸 보니 안

심이 되네요. 우리 땐 겨울만 되면 털옷이 모자라 순번을 정해 나갈 정도였잖아요.”

“다 너의 친구 분들 덕분이란다.”

“약속 하나는 철저하게 지키는 친구들이죠. 그런데 그 녀석들 말고 다른 곳에서 기부 같은 건 없었나요? 명색이 세상을 구한 네 명 중 한 명이 있던 곳인데 말이에요.”

“엘레힘 교단 측에서 이곳을 인수하겠다고 나선 적이 있었단다.”

“설마 받아들이신 건 아니죠?”

“당시 원장님께서 절대 반대하셨지. 자세한 내막은 나도 잘 모르지만, 돌아가시기 전에 나에게 하신 당부 중 하나가 바로 ‘교단이 어떤 식으로 접근해 와도 피해야 한다’였어.”

“잘하셨네요. 그쪽은 무슨 꿍꿍이속인지 모르는 집단이라 아예 얽히지 않는 게 좋죠.”

카일은 안도하며 찻잔을 테이블 위에 내려놓았다.

“그런데 어째 남자들이 하나도 안 보입니다?”

열 살 미만의 남자애는 몇 명 보였지만, 카일이 가지고 온 사탕과 과자에 달려든 아이 대부분이 여자애였다.

“카일, 그게 말이다…….”

“아, 뭔지 알았어요. 어쩐지 애들이 처음 절 보고 도망치나 싶었더니만.”

카일은 예전 자신의 경우를 떠올리며 마리의 대답을 도중에 끊었다.

"제길, 역시 제일 만만한 건 고아라니깐."

평소 큰소리 뻥뻥 치던 귀족의 자식들이 전쟁이 발발하면 없던 병이 생겨 어디론가 요양을 가버리는 것에 비하면 고아들은 예외 없이 징집되곤 했다.

카일의 경우 강제 징집될 나이가 되기 전에 스스로 용병단에 뛰어든 케이스였다.

"아직도 날 원망하고 있니?"

마리가 조심스럽게 옛날 일을 꺼내자 카일의 입술 사이로 피식 웃음소리가 새어 나왔다.

"에이, 제가 아직도 코흘리개로 보여요?"

카일이 열세 살이었을 당시, 열여덟 살이었던 마리는 사랑하던 남자를 따라 고아원을 떠났다.

그녀의 결혼 날짜가 정해지자 매일 목검을 가지고 또래 애들과 놀던 카일은 방구석에 홀로 틀어박혀 나오질 않았다. 그러던 중 이곳에서 어린 시절을 함께 보냈던 용병이 찾아오자 다짜고짜 그에게 달라붙어 용병단에 가입하겠다고 억지를 부렸다.

그리고 지금처럼 함박눈이 내리던 날, 카일은 용병의 손을 붙잡고 고아원을 떠났다. 비록 처음엔 적응하느라 힘들겠지

만 실력만 인정받는다면 배부르게 먹을 수 있다는 용병의 목
소리는 하나도 들리지 않았다. 당장에라도 터질 것 같은 눈물
을 참느라 얼굴을 잔뜩 찡그리고 있었기 때문이다.

"제가 어렸던 거죠. 그 이후 누나가 고아원에 돈을 계속 보
냈다는 이야기도 들었고."

카일은 자리에서 일어서더니 창문 아래 놓여 있는 목검 중
한 자루를 집어 들었다. 당시 같이 어울리던 남자애들은 모두
구석에 쌓여 있는 낡은 목검 대신 진짜 검을 들고 싸우러 갔
다.

"레이든, 펠트, 올슨, 그리고 죠르딘… 또 누가 있었더라?"

한동안 까맣게 잊고 있던 고아원 친구들 이름이 하나둘 그
의 입에서 흘러나왔다.

그렇게 열 명이 넘는 아이의 이름을 기억해 낸 카일은 들고
있던 목검을 도로 내려놓았다. 아쉽게도 그들 중 연락이 되는
이는 하나도 없었기에 어디서에선가 전쟁 속에서도 운 좋게
살아남아 있기를 바랄 뿐이다.

"그런데 시간 진짜 빨리 지나갔군요. 누나 얼굴 본 게 몇
년 만이죠?"

어린 소년과 처녀는 30년이라는 시간의 흐름 속에서 서로
다른 길로 엇갈려 버렸다. 자신의 경우가 특이하다는 걸 알고
있음에도 카일은 주름살이 자리 잡은 마리의 얼굴이 안쓰럽

게 느껴졌다.

"그런데 남편 분은… 아니, 매부라 불러야겠지요?"

카일은 자신의 예감이 맞지 않길 바라며 슬그머니 운을 뗐다.

마리는 고개를 살짝 숙이더니 오른손을 가슴으로 가져갔다.

"내 가슴 안에 담은 지 이미 오래란다."

하지만 그런 예감일수록 들어맞게 마련이다.

카일은 자신의 주책 맞은 입을 탓하며 입술을 살짝 깨물었다.

"이미 10년도 전의 이야기란다. 계속 슬퍼하기엔 너무 긴 시간이 흘러갔지."

"전쟁 때 돌아가신 게 아니로군요."

"그래도 아들과 같이 갔으니 외롭지는 않을 거야, 아마도."

전쟁이 끝나자마자 평화가 당장 찾아오지는 않는다.

더 이상 몬스터와 마족에 두려워하지 않고 살 수 있다고 안심한 것도 잠시, 권력을 놓고 벌어진 왕족끼리의 내분에 전쟁 때보다 더 많은 이가 죽어갔기에 마리의 허탈감은 더욱 컸다.

"남편의 죽음 이후, 난 제정신이 아니었단다. 매일 눈물로 밤을 지새우고 죽고 싶은 충동을 하루에도 셀 수도 없이 넘게 겪었지. 그러던 와중에 딸마저 행방불명되었고……."

그녀의 왼쪽 손목에는 칼로 그은 듯한 흉터가 무수히 자리 잡고 잇었다.

"그래도 난 딸아이가 살아 있다고 믿고 있단다. 그래서 여기에 머물면서 언젠가 만날 날이 오기만을 기다리고 있지."

지금 마리에게 있어서 살아가는 유일한 목적은 하나, 못 본 사이 훌쩍 커버린 딸이 자신의 품에 안길 때를 기다리는 것이었다.

"흐음, 흐음!"

이야기의 흐름 때문에 원장실 안의 공기가 무거워지자 카일은 연신 헛기침을 반복했다. 그러자 마리는 부드러운 미소를 지으며 카일의 빈 찻잔에 차를 따라주었다.

"넌 어떠니?"

"저요?"

"날 아직까지도 마음에 두고 있을 리 없고……. 설마 이렇게 늙어버린 아줌마를 보고 말이야."

"그런 소리 말아요. 누나의 어디가 어때서요?"

어릴 적 가슴 아팠던 풋내 나는 사랑 이야기는 어느새 서로 웃으면서 이야기 나눌 수 있는 추억으로 변했다.

"정말 한 명도 없었니?"

"뭐, 아주 없지는 않아요. 한 명 정도 저와 같이 살고 싶어 하는 여자가 있긴 했어요."

"그래? 그런데 달랑 한 명이라니 너무 적은 거 아니니? 이 누나에게 거짓말하는 건 아니겠지?"

"저 고아원에서도 그다지 인기 없었는데요?"

"너 정말 몰랐구나?"

"어? 진짜로 저 인기 있었어요?"

"넌 남자여서 모를 수 있겠지만, 당시 고아원에서 나이 좀 찬 여자애치고 널 마음에 안 둔 애가 없었다."

"그거 무슨 제 친구 같은 이야기입니까?"

4

쿵!

양어깨에 짊어진 장작더미를 내려놓자 창고 바닥에 쌓인 먼지가 확 피어올랐다. 안에 있던 아이들은 입을 틀어막고 창고 밖으로 우르르 빠져나갔고, 에밀리는 연신 기침을 하며 손으로 얼굴 주변의 먼지를 날려 보냈다.

"아저씨! 이제 충분해요!"

"그래?"

카일은 바닥에 내려놓은 장작을 마저 쌓아올린 뒤 손을 탁탁 털었다. 아침부터 시작했던 땔감 마련이 정오쯤 되자 창고 안을 장작으로 가득 채우면서 끝났다.

"역시 남자가 있어야 고아원이 제대로 돌아가."

카일이 오지 않았다면 고아원의 아이들은 창고 구석에 쌓여 있는 일주일 분량의 땔감으로만 기나긴 겨울을 보냈을지도 몰랐다.

'어, 예전에도 이랬던 거 같은데 내 착각인가?'

고아원을 떠나 전쟁에 뛰어든 이후 겨울에 찾아오면 매번 모자란 장작부터 마련했던 기억이 어슴푸레 떠올랐다.

얼어붙은 우물을 깨 물을 퍼내기도 했고, 꽉 막혀 버린 굴뚝을 뚫느라 얼굴에 검댕이가 잔뜩 묻기도 했다.

"그나저나 이놈의 눈은 언제 그친다냐?"

어제부터 내린 눈은 어느새 발목을 넘어서 무릎에 닿을 정도로 쌓이고 있었다.

어제는 점심을 먹고 소화도 시킬 겸 아이들을 데리고 편을 갈라 눈싸움을 신나게 했지만, 거의 폭설 수준이 되자 그것도 힘들어졌다.

"이왕 이렇게 된 김에 푹 쉬었다 가세요."

"하긴 그동안 내가 정신없이 여기저기 돌아다니긴 했어. 친구도 숨 좀 돌리고 오라고 말할 정도였으니."

카일은 창고 문턱에 등을 기대고 눈이 계속 쏟아지는 하늘을 쳐다보았다.

그가 마음만 먹는다면 눈이 얼마나 쌓여 있든 간에 힘으로 밀고 돌파할 수는 있었다. 하지만 고아원의 사람들에게 그렇게 하면서까지 여길 떠나야 하느냐는 이미지가 남을까 봐 관두었다.

"그런데 참 기분 묘하다."

"네?"

"나보다 나이 많아 보이는, 아니, 실제로 나이 자체는 나보다 많은 너에게 아저씨 소리 들어서 그래."

"그러면 오빠라고 부를까요?"

"아니, 그런 게 아니야."

"그러면 절 누나라고 부르실래요?"

"뭔가 핀트가 더 어긋난 것 같은데?"

카일은 입김을 후후 불면서 언 손을 녹이는 에밀리를 흘낏 바라보았다. 예전에 마지막으로 봤던 어렸을 때의 얼굴은 여전히 떠오르지 않았다.

"그러고 보니 넌 나이도 찼는데 왜 아직도 고아원에 있어? 설마 마리 누나처럼 홀몸이라 여기로 왔다는 소리는 아니겠지?"

"어? 어떻게 알았어요?"

"……."

마리 때와 똑같은 실수를 저지른 카일은 양손으로 머리를 붙잡더니 문에 쾅쾅 들이박았다.

“왠지 전 남자 운이 없는 것 같아요. 두 번째 남편까지 병으로 죽은 이후론 그냥 혼자 살기로 결심하고 여기로 돌아왔어요.”

“미, 미안하다.”

“이미 옛날 일인 걸요. 비록 그와의 사이에 자식은 없었지만, 지금 여기엔 더 많은 아이가 있으니 행복해요.”

그래서 남자애들이 강제로 징집당할 땐 가슴이 찢어지는 듯한 고통을 피할 수 없었다.

“그 애들, 밥은 잘 먹고 있으려나.”

괜찮다는 말과 달리 에밀리의 눈가가 촉촉해지자 카일은 분위기를 쇄신할 무언가를 찾기 시작했다.

“아, 그게 있었지!”

카일은 손가락을 튕겨 딱 하는 소리를 내더니 대검을 집어 들고 정문 쪽으로 뛰기 시작했다.

그는 어느새 허벅지까지 올라올 정도로 높게 쌓인 눈을 손으로 꾹꾹 눌러보며 만족스러운 표정을 지었다. 허겁지겁 그를 따라온 에밀리는 카일이 뭔 짓을 하려는지 짐작조차 하지 못했다.

“으랏차차!”

카일은 대검을 이용해 눈을 등 뒤로 마구 퍼 올렸다.

눈보라가 날리면서 정문 앞에 눈이 산처럼 쌓이기 시작했

고, 고아원 안에서 놀고 있던 아이들은 밖에서 들리는 카일의
고함 소리에 이끌려 창문에 다닥다닥 달라붙었다.

"아저씨! 지금 뭐 하세요?"

"보고만 있으라고!"

카일은 자세를 낮추더니 높이 도약하며 쌓아놓은 눈 한가
운데로 뛰어들었다. 그렇게 눈 속에 파묻힌 상태에서 카일은
칼날을 지면과 수평이 되도록 쥔 뒤 눈을 쾅쾅 두들기기 시작
했다. 카일보다 두 배는 높게 쌓아올려졌던 눈덩이가 단단하
게 굳으면서 그의 키만큼 작아졌다.

"휴우, 이번에는 잘라내야겠군."

카일은 이마에 맺힌 땀을 닦아내더니 검을 고쳐 쥐고 단단
하게 뭉쳐진 눈덩이를 세로 방향으로, 그리고 가로 방향으로
슥슥 잘라냈다.

그렇게 만들어진 '얼음 벽돌'을 이번에는 하나씩 쌓으며
얼음집을 짓기 시작했다. 창문 밖에서 지켜보던 아이들은 쪼
르르 정문 앞으로 옹기종기 모여들더니 카일의 얼음집 제작
과정을 똥그란 눈으로 지켜보았다.

"자, 완성됐다!"

카일은 아이들에게 손짓하며 얼음집 안으로 들어가 보라
고 꼬드겼다. 처음에는 망설이며 조심스럽게 안으로 들어가
던 아이들은 막상 얼음집 안이 생각보다 춥지 않자 신기해하

며 모여들었다.

"에밀리, 물 좀 떠올래? 이왕 만드는 김에 미끄럼틀도 만들어보려고."

"알았어요!"

애들의 반응이 생각보다 호의적이자 카일은 신이 나서 놀이 기구 제작에 돌입했다.

거대한 칼로 눈을 퍼서 나르고, 꽉꽉 눌러 단단하게 뭉치고, 칼날로 눈덩어리를 섬세하게 다듬는 카일의 움직임을 아이들은 하나도 빼놓지 않고 흥미진진한 눈으로 바라보았다.

'어릴 적 생각이 나.'

이름조차 기억 속에서 가물가물해진 고아원 친구들의 얼굴이 카일을 지켜보고 있는 아이들 뒤에 덧씌워졌다.

그러나 고아원에 들어오기 이전, 뒷골목에 머무르던 시절의 기억은 희미한 잔상처럼 남아 있을 뿐 선명하게 보이지 않았다. 마치 그의 인생의 시작점 자체가 이곳 고아원으로 굳어진 느낌이다.

"와아!"

잘라낸 눈덩어리를 카일이 검으로 꽂아 높이 들어 올리자 아이들의 입에서 환호성이 쏟아졌다.

5

계속 내리던 눈은 카일이 고아원에 머문 지 삼 일째 되는 점심때 멈췄다.

"애들 모두 잠들었죠?"

카일은 마리에게 작은 목소리로 조심스럽게 물어보았다.

"오늘 저녁은 평소보다 배부르게 먹였으니 다들 꿈나라에 빠져 있을 거야."

"오래간만에 먹어본 마리 누나의 특제 수프 맛은 여전하더군요."

카일은 혀로 입술을 쓱 핥으면서 세 접시나 먹은 수프 맛을 다시 떠올렸다.

"그런데 이렇게 늦은 시각에 떠나야 하겠니?"

"애들이 좀 섭섭해하겠지만 이러는 편이 서로에게 좋아요."

카일은 일부러 애들이 모두 잠든 늦은 밤을 택해 떠날 준비를 마쳤다.

"전 애들 질질 짜면서 매달리면 떨쳐내질 못하겠더군요. 1년 전에도 애들에게 붙들려서… 아, 21년 전이죠."

제이블란트를 봉인하기 전, 마지막으로 들른 고아원을 떠날 때의 기억이 새록새록 되살아났다. 아무리 많은 사탕과 과자를 보여줘도 애들은 울음을 그치지 않았고, 급기야는 지금처럼 애들이 잠든 시각을 틈타 몰래 빠져나와야 했다.

“카일 아저씨, 언제 또 오실 수 있나요?”

에밀리의 질문에 카일은 잠시 대답을 망설였다.

고아원을 들를 때마다 카일의 마음가짐은 ‘이게 마지막일지도 모른다’라는 생각이었다. 그렇기에 일정이 꼬이는 걸 감안하면서도 이곳을 찾았다.

“그리 자주는 못 올 거다.”

아니, 어쩌면 다시 못 올 수도 있었다. 이제까지 살아서 고아원을 들른 것 자체가 운이 좋아서이다.

“애들이 아저씨 많이 보고 싶어 할 거예요.”

“그러니까 아주 안 오는 게 아니라니깐. 상황 나아지면 지겨워할 정도로 찾아올 테니 각오하라고.”

카일은 에밀리의 어깨를 툭툭 두들겨 주었다.

“마리 누나.”

“말하렴, 카일.”

“제발 이것 좀 받아줘요. 계속 거절만 하지 말고요.”

카일은 고아원에 머무르는 동안 매번 거절당했던 돈주머니를 마리를 향해 불쑥 내밀었다.

“나 돈 별로 필요 없다니까요?”

“하지만 그동안 네 친구분들께 받은 금액만 해도 상당하단다. 더 신세를 질 수는 없어.”

"거참, 친구들이 주는 돈은 받으면서 막상 제 돈을 안 받으
시면 제 모양새가 어떻게 되겠어요? 고아원 건물 상태 보니
당장 무너지지 않는 게 이상할 정도인데. 20년 동안 주지 못
했던 돈 한꺼번에 받았다고 치세요."

카일은 마리의 손을 붙들더니 억지로 돈주머니를 쥐어주
고 뒤로 물러섰다.

"누나, 그러면 이만 가볼게요. 항상 건강하셔야 해요."

"그래……."

"에밀리, 마리 누나 잘 부탁한다."

"네, 카일 아저씨."

두 여성은 카일의 작별 인사에 눈시울이 붉어졌다.

"그러면……."

카일은 뒤돌아 걷기 시작했다.

하얗게 쌓인 눈이 그의 시야를 뒤덮었고, 차가운 바람이 옷
깃 안으로 스며들었다.

그는 일부러 뒤를 돌아보지 않고 묵묵히 앞만 보고 걸어갔
다. 한 번이라도 멈춰 서서 고아원 쪽을 바라본다면 발을 떼
기 힘들 것 같아서다.

"카일!"

그의 등 뒤에서 마리의 목소리가 들렸다.

"반드시… 반드시 돌아와야 한다! 알겠지?"

카일은 대답 대신 고개를 옆으로 돌려 살짝 끄덕거렸다.

그리고 다시 앞으로 걷기 시작했다.

그렇게 한참을 걷자 그의 머리 위에 차가운 무언가가 툭 내려앉았다.

"어, 다시 내리네?"

검은 하늘 아래로 멈췄던 눈이 다시 내리기 시작했다.

6

엘레힘 신성력 1325년 12월 10일.

"와아아아아!"

드넓은 평원 위로 함성이 메아리쳤다.

인간과 몬스터들이 서로 뒤엉켜서 싸우는 격전은 이른 아침을 지나 어느덧 저녁노을이 지는 지금까지도 계속 이어졌다.

서로의 무기가 부딪치는 소리, 고통을 참지 못하고 지르는 비명, 잘려 나간 팔을 찾으며 터뜨린 울음소리가 한데 뒤섞였다. 피에 흠뻑 젖은 흙탕물 위로 시체들이 우후죽순 쓰러졌고, 피비린내가 물씬 풍겨 올랐다. 하얀 눈이 뒤덮었던 평원은 원래의 흰색을 잃어버리고 죽음을 의미하는 붉은색으로 물들어갔다.

그야말로 모든 감각을 통해 느낄 수 있는 아픔이 고스란히 전해지는 공간이었다.

이런 혈전을 경사진 언덕 위에서 바라보는 이들이 있었다.

"인간이란 참으로 오만한 종족이야."

피를 나타내는 붉은색과 죽음을 상징하는 검은색으로 온몸을 뒤덮은 데몬(Demon) 공작 에르카이저는 점점 앞으로 나아가는 몬스터 병사들을 바라보며 미소를 지었다.

"손에 쥔 무기조차 쓸 줄 모르는 인간들이 군데군데 눈에 띄는군. 아무리 20년 전 패배해 물러난 우리가 상대라고 해도 너무 심한 거 아닌가?"

"요전에 몇 차례 있었던 소규모 전투의 결과 때문이 아니겠습니까?"

만월이 아니라 인간 형태로 나타난 웨어울프 공작 로베르토가 에르카이저의 말을 받아주었다.

상대가 같은 공작급임에도 20년 전 와해되었던 마족 세력을 다시 하나로 뭉친 이가 바로 에르카이저였기에 로베르토는 말을 높였다.

"후후, 우리 어둠의 후예들이 투입되지 않은 전투에서 이겼다고 기뻐하는 인간들이 지금 이 전투를 보면 어떤 표정을 지을지 궁금하군."

‘마족’ 이라는 단어는 어디까지나 인간 입장에서 나온 단어다. 그들은 일반 병사로 쓰이는 몬스터와의 구별을 위해 스스로를 ‘어둠의 후예’ 라 지칭했다.

“물론 그 20년 전엔 저희가 방심해서 패배했다는 사실을 잊어서는 안 될 것입니다.”

“그 20년 전의 잔재로부터 자넨 직접 세례를 받았지? 어땠는가?”

에르카이저가 얼마 전 있었던 전투를 언급하자 로베르토는 완전히 회복된 왼쪽 어깨를 어루만졌다.

“정말 뜨거웠습니다.”

“호오, 자네도 그랬나?”

에르카이저는 살짝 얼굴을 일그러뜨리더니 인간이 아닌 마족에 가까운 힘인 흑염의 기운을 자유자재로 부리는 카일과의 대결을 되새겼다.

“흑염의 기운이란 직접 느껴본 자만이 그 무서움을 알 수 있지. 나 역시 20년이 지난 지금까지도 잊히지 않을 정도라네.”

에르카이저는 인간 마법사 제럴드를 설득하러 가겠다는 로베르토를 만류하지 않았다. 제럴드가 그 인물 ‘카일’ 과 같이 있을지 모른다는 사실을 이미 알고 있음에도 혈기왕성한 새로운 세대의 공작에게 인간의 강함을 직접 느껴보라는 의도 차원에서 허락했다.

"그분이 돌아오지 않은 상태였다 하여도 그자의 힘은 대단했습니다.

"맞는 말일세. 하지만 저 아래서 죽어나가는 인간들을 보고 있자니 나도 모르게 그 오만함에 취하고 싶어지는군."

웨어울프로 변했을 때의 로베르토보다 훨씬 큰, 3미터를 넘어가는 에르카이저의 거대한 몸집은 저돌적인 이미지를 강하게 풍겼지만 의외로 그의 특기는 몸이 아닌 머리를 쓰는 쪽이었다. 그렇기에 언덕 아래에서 보이는 전황이 어떻게 흘러가고 있는지 잘 파악하고 있었다.

"그런데 한 가지 문제가 있어. 사실 승패는 초반에 결정 난 것이나 다름없는데……."

에르카이저는 오른손을 들더니 검지로 인간 진형의 한복판을 가리켰다.

"저 인간 마법사만 없으면 전황이 좀 더 쉽게 풀릴 텐데. 안 그런가?"

뒤늦게 인간 군대에 합류한 노년의 마법사 제이스로 인해 몬스터 군대의 진격 속도가 눈에 띄게 느려졌다.

"아무래도 저기 있는 이들만으론 다소 벅차 보이는군. 로베르토 공작, 자네가 한번 나서볼 텐가? 지난번 무승부를 설욕할 겸."

"저에게 맡겨주십시오."

여성의 목소리에 에르카이저와 로베르토는 동시에 뒤를 돌아보았다.

벗은 투구를 왼팔에 안고 오른손으로 에르카이저를 향해 경례를 한 여성의 긴 금발이 바람에 휘날려 펄럭이고 있었다.

"오오, 이게 누군가? 안젤리카 후작 아닌가?"

에르카이저는 그녀를 알아보고 흡족한 미소를 지었다.

그녀는 인간의 상체를 지녔지만 허리 아래는 말의 육체인 켄타우로스(Centauros)였다.

"좋아, 자네의 솜씨를 맘껏 보여주게."

에르카이저는 조금의 망설임도 없이 허락하더니 옆으로 비켜서 공간을 내주었다.

"하아앗!"

휘이익!

바람을 가르는 소리와 함께 그녀가 던진 스피어가 대각선 방향으로 큰 궤적을 그리며 날아갔다.

쿠웅!

에르카이저가 가리키던 인간 진영 한복판에 명중한 스피어를 중심으로 굉음이 울려 퍼지더니 날카로운 바람이 칼날처럼 뿜어져 나오며 아수라장이 펼쳐졌다.

"대단하군."

에르카이저는 스피어가 꽂힌 주변으로 우수수 쌓인 인간들의 시체를 보며 즐거워했다. 하지만 막상 안젤리카의 표정은 썩 좋지 않았다.

"아닙니다. 마지막 순간 피한 느낌이 듭니다. 확실하게 제가 마무리 짓고 오겠습니다."

안젤리카는 투구를 쓰더니 뒤에서 대기 중인 열 명의 부하 쪽으로 몸을 돌렸다.

"용맹한 레이우드의 자매들이여!"

그녀의 외침에 같은 켄타우로스 족인 여기사들은 쥐고 있던 랜스의 끝을 일제히 들어 올렸다.

"나를 따르라!"

안젤리카는 투구의 면갑을 내린 후 랜스를 오른손에 움켜쥐고 언덕 아래를 향해 달려갔다.

네 개의 발굽 주변으로 먼지가 확 피어오르며 마치 꼬리처럼 안젤리카가 지나간 자리를 따라갔다. 그녀를 포함한 총 11기의 켄타우로스 기병은 빠른 기동력을 자랑하며 어느새 인간 병력의 측면을 쐐기 모양으로 파고들었다.

갑작스러운 원거리에서의 공격과 뒤이어 안젤리카의 합류로 인한 기습 공격에 인간 측 병력은 제대로 된 대항조차 하지 못하고 후퇴하기 시작했다.

"그래, 이거야. 이것이 새로운 어둠의 후예이지."

20년 만에 처음으로 인간과 마족 간의 천 단위 이상의 병력
이 충돌한 전쟁의 승패가 결정지어지기 직전이었다.

"조만간 비어 있던 공작 자리 중 하나를 물려줘야겠어."

에르카이저는 멀리서 들려오는 인간들의 비명 소리를 음
미하며 흡족한 미소를 지었다.

『흑암의 귀환자』 2권에 계속…

魔 in 화산
龍虎神匠
FANTASTIC ORIENTAL HEROES
용훈 新무협 판타지 소설

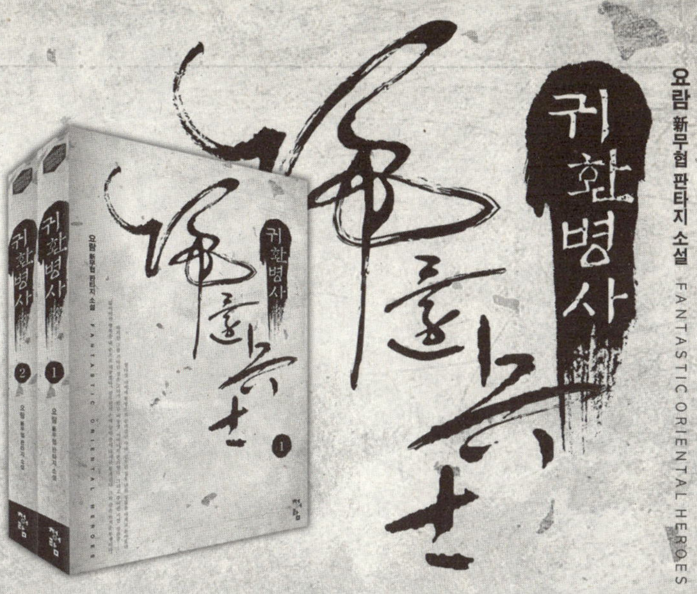

국내 최대 장르문학 사이트를 휩쓴 화제작!
여름의 더위를 깨뜨리려 차가운 북방에서 그가 온다.

『귀환병사』

열다섯 나이에 북방으로 끌려갔던 사내, 진무린
십오 년의 징집을 마치고 돌아오다.

하지만 그를 기다린 것은 고아가 된 두 여동생, 어머니의 편지였다.
그리고 주어진 기연, 삼룬공……

"잃어버린 행복을 내 손으로 되찾겠다!"

**진무린의 손에 들린 창이 다시금 활개친다.
그의 삶은 뜨거운 투쟁이다!**

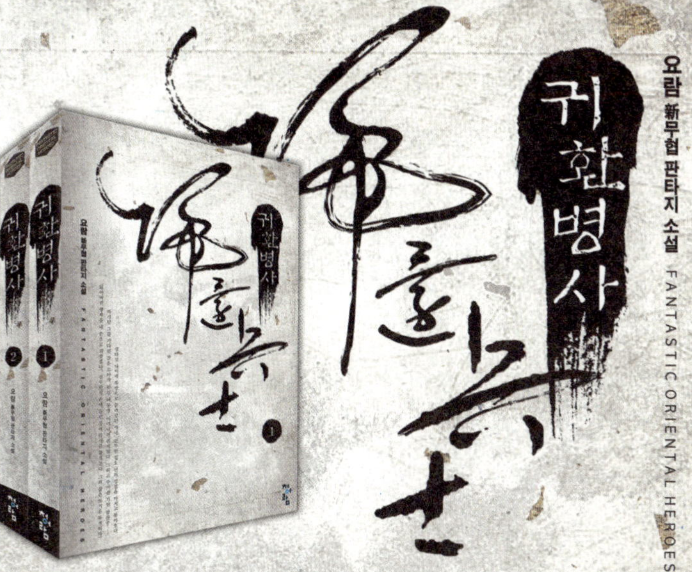

요람 新무협 판타지 소설 FANTASTIC ORIENTAL HEROES

국내 최대 장르문학 사이트를 휩쓴 화제작!
여름의 더위를 깨뜨리며 차가운 북방에서 그가 온다.

『귀환병사』

열다섯 나이에 북방으로 끌려갔던 사내, 진무린
십오 년의 징집을 마치고 돌아오다.

하지만 그를 기다린 것은 고아가 된 두 여동생, 어머니의 편지였다.
그리고 주어진 기연, 삼륜공……

"잃어버린 행복을 내 손으로 되찾겠다!"

**진무린의 손에 들린 창이 다시금 활개친다.
그의 삶은 뜨거운 투쟁이다!**

수선경 水仙經

작은 샘이 바다로 모여들 듯,
만류의 법이 하나로 회귀하듯,
다섯 개의 동경이 드디어 하나로 모인다.

검을 만드는 사람과
검을 쓰는 사람,
그리고 검을 버리는 사람의 이야기!

천명을 타고 태어난 청풍과 강검산
그리고 혈로를 걸어온 살수 타유,
그들이 다섯 줄기의 피의 숙명과 마주한다.

Book Publishing CHUNGEORAM

유행이 아닌 자유추구 -
WWW.chungeoram.com